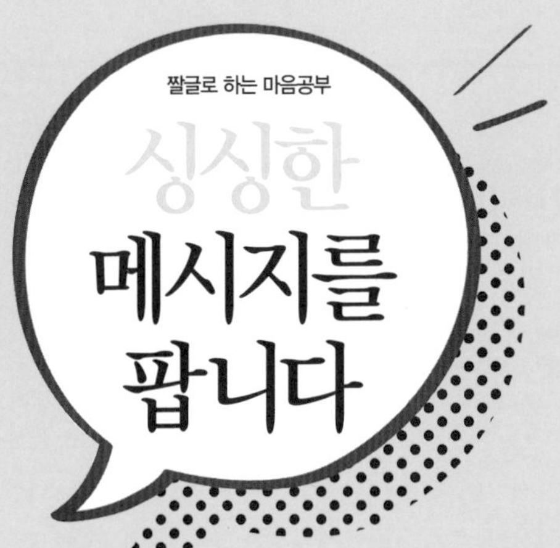
짤글로 하는 마음공부
싱싱한
메시지를
팝니다

짧글로 하는 마음공부

싱싱한 메시지를 팝니다

방귀희 지음

초판 인쇄 2021년 11월 05일
초판 발행 2021년 11월 10일

지은이 방귀희
펴낸이 신현운
펴낸곳 연인M&B
기 획 여인화
디자인 이희정
마케팅 박한동
홍 보 정연순
등 록 2000년 3월 7일 제2-3037호
주 소 05052 서울특별시 광진구 자양로 56(자양동 680-25) 2층
전 화 (02)455-3987 팩스 (02)3437-5975
홈주소 www.yeoninmb.co.kr
이메일 yeonin7@hanmail.net

값 15,000원

ISBN 978-89-6253-515-0 03810

싱싱한 메시지를 팝니다

방귀희 지음

연인M&B

| 프롤로그 |

싱싱한 메시지를 팝니다

참, 시간이 빠르다. 방송작가 일을 놓은 지 벌써 10년이 되었다. 참으로 세월이 빨리 지나간다. 내가 벌써 65년을 살았다.

65년 동안의 나의 삶은 장애를 고치겠다는 어머니의 소망에 따라 병원에서, 배워야 사람답게 살 수 있다는 어머니의 의지에 따라 학교에서, 방송이 괜찮은 직업이라는 사회적 판단에 따라 방송국에서 그리고 장애예술인들이 자기 권리를 찾아야 한다는 나의 소신에 따라 협회 사무실에서 보냈다.

그 긴 여정의 절반을 방송국에서 보냈으니 나의 대표 정체성은 방송작가로 형성되었다. 드라마가 아닌 구성작가로 31년 동안 일하며 가장 많이 썼던 원고가 무엇인지 생각

해 보니 오프닝과 클로징 멘트이다. 수학적으로 표기하면 45,260(365일×31년×오프닝과 클로징의 2꼭지×2개 프로그램) 꼭지를 썼다.

오프닝 첫 줄 문장을 찾느라고 머리를 쥐어짜던 시절은 고통스러웠지만 10년 동안 열어 보지 않던 파일 속에서 싱싱함을 그대로 간직하고 있는 글들을 발견하고 내가 깜짝 놀랐다. 지금 읽어 봐도 전혀 이상하지 않은, 지금 쓴다 해도 이 이상 못쓸 것 같은, 감성과 이성 그리고 상식이 부끄럽지 않을 정도로 잘 버무려진 이 멋진 짤글들을 내가 왜 그동안 방치해 두고 있었는지 후회가 되었다.

최첨단 과학으로 무장한 오늘날 유례 없는 감염병으로 인간은 절망이 아니라 무망(無望, hopelessness) 즉 희망을 만들 능력이 없는 상태에 빠지고 있다.

이럴 때 가장 필요한 것은 희망의 불씨가 완전히 꺼지지 않도록 입바람을 불어서라도 불씨를 살리는 희망 소생술이다. 아주 짧고, 매우 쉽게 그리고 공손히 설득시킬 수 있는 소소하지만 확실한 행복인 소확행이 필요하다. 하여 파일 속에 담겨 있던 바로 그 소확행을 꺼내 이름을 붙여 주

었다. 제목을 붙이면 메시지가 뜨기 때문에 아주 견고한 힘을 갖게 된다.

만났을 때와 헤어질 때 의미 있는 말로 마음을 전하듯이 우리의 모든 삶은 시작과 끝으로 이루어져 있다. 아주 짧은 글들이지만 오프닝과 클로징 멘트에는 우리 인생 시작과 끝의 미학이 담겨 있다. 이 아름다움이 마음 공부가 된다면 이 얼마나 멋진 일인가.

더 멋진 일은 표지 디자인을 단어로 했다는 것이다. 앞표지와 뒷표지 합하여 이 책에 담겨 있는 긍정의 단어 78개가 곳곳에 숨어 있다. 더욱 놀라운 사실은 이 디자인을 클론의 강원래 씨가 했다는 것이다.

본인 말을 그대로 옮기자면 "코로나19로 사업을 시작하자마자 망했을 때 20여 년 전 사고로 하반신마비가 된 것만큼 힘들었다. 우울함 속에서 종이 위에 자기 마음을 달래 주는 단어 몇 개를 올려놓고 채색을 하자 큰 위안이 되었다."고 그림을 그리게 된 동기를 밝혔다.

방송작가 시절 강원래 씨도 방송을 했기 때문에 방송국에서 자주 만났고, 사실 협회도 장애예술인들로 구성된 '꿍따리유랑단'을 운영하기 위해 그가 만들어서 나에게 물려준 것이니 강원래 씨가 나보다 더 장애인예술의 선각자이다.

그래서 8년 동안의 투쟁 끝에 제정된 「장애예술인지원법」이 기금 규정이 삭제되어 장애예술인들에게 아무런 도움을 주지 못하고 있어서 법률 시행을 위한 기금 마련의 마중물을 만들자고 제안하자 선뜻 참여해 주었다.

우리는 의기투합하여 무망 백신이 될 싱싱한 메시지를 팔기로 하였다.

2021년 가을에

방 귀 희

위대한 사랑

"우리는 이 세상에서 위대한 일을 할 수는 없다.
단지 위대한 사랑을 갖고 작은 일들을 할 수 있을 뿐이다."
마더 테레사가 말했는데요.
사람들은 큰 일을 하려고 작은 일들을 하지 않고 있죠.
그래서 우리가 갖고 있는 위대한 사랑이
묻혀 버리고 있는 것이 아닐까 해요.
이 말은 작은 일을 실천하는 것이 위대한 사랑이란 뜻입니다.
큰 일이 위대하다고 생각하는 것이
우리를 더 초라하게 만들지 않나 싶어요.

나는 준비되어 있다

헬렌 켈러에 대한 일화가 참 많은데요.
헬렌 켈러는 고개를 숙이는 일이 없었다고 해요.
항상 고개를 세우고 앞을 똑바로 응시하고 있었죠.
또 헬렌 켈러는 시각장애인들이 많이 쓰는
검은 안경을 사용하지 않았는데요.
그 이유는 눈을 가리고 있으면 속이려고 하기 때문이라고 합니다.
당당히 고개를 들고 앞을 똑바로 응시하는 자세는
사람들에게 자기는 늘 모든 일에 준비돼 있다는 것을
보여 주는 일이 된다고 해요.
지금 여러분들은 어디를 보고 계세요?
빨리 고개를 드세요.
그리고 앞을 응시하세요.
그래야 모든 일에 자신감이 생겨요.

상대방의 단점을 공개하면

상대방의 단점을 공개하는 것은
자신의 단점으로 상대의 단점을
공격하는 것과 같다고 합니다.
그러니까 상대방의 단점을 얘기하는 것은
자신의 단점을 드러내는 일이 되겠지요.
상대방의 단점을 감싸 주는 너그러운 마음이
필요하단 생각이 듭니다.

늦지 않았어요

77세가 돼서 은퇴한 노인이 있었어요.
그 후 노인은 노인센터에서 동료들과 잡담을 하거나
체스를 두며 하루를 보냈죠.
그가 81세가 되던 해에 이런 일이 있었어요.
"할아버지, 오늘은 왜 혼자 계세요?"라며 자원봉사자가 다가왔죠.
함께 체스를 두던 친구가 아프다고 나오지 않아서
혼자 우두커니 앉아 있던 노인을
자원봉사자는 미술실로 안내하며 그림을 그려 보라고 했어요.
노인은 그림에는 관심도 없었고 더군다나 나이가 많아
손이 떨려 붓을 잡을 수 없다고 거절했죠.
하지만 달리 할일이 없던 터라 미술실에서 그림을 그렸는데요.
한번 그려 보니까 너무너무 재미있어서 매일 그림연습을 했어요.
이렇게 해서 완성한 작품이 〈원시의 눈을 가진 미국의 샤갈〉인데요.
이 작품이 폭발적인 반응을 얻었어요.
그 노인은 바로 81세에 시작한 그림으로 100세가 넘도록
화가로서 명성을 날린 해리 리버만입니다.
해리 리버만은 101세 때 22번째 전시회를 가졌다고 해요.
우리 사회가 너무 일찍 사람을 일로부터 은퇴시키고 있는데요.
늦었다고 생각하지 마시고 새로운 일에 도전해 보세요.
그러면 놀라운 결과를 얻을 수 있을 거예요.

진실은 진실로 통한다

방송인으로 세계적인 명성을 얻고 있는
오프라 윈프리는 '흑인에다, 사생아에다, 성폭력 피해자'라는
많은 어려움 속에서 성공을 이끌어 냈죠.
오프라는 방송에서 대담자의 고백을 이끌어 내는
능력을 갖고 있다는 평을 받고 있는데요.
그 능력은 다름 아닌 오프라 자신이
고백을 먼저 했기 때문에 생긴 것입니다.
진실은 진실로 통한다는 사실을
오프라가 잘 알고 있었던 것이 아닐까 싶어요.

세 가지 삶의 방식

삶의 방식에 세 가지가 있습니다.
“도망을 가거나
방관을 하거나
부딪혀 보는 것”이라고 하는데요.
여러분은 어떤 방식을 취하고 계신지요.
부딪혀서 해결하려는 노력을 해야
좋은 결과를 얻을 수 있을 겁니다.

좋은 일은 인연 맺어 주기

남을 위해 좋은 일을 한다고 하면 물질적으로 후원을 해 주거나
자원봉사를 하는 것을 생각하는데요.
정말 좋은 일은 사랑하는 사람을 맺어 주는 일이라고 해요.
인도의 신 부라마가 아들 비누시에게 인간들을 위해
좋은 일을 하라고 땅으로 내려보냈는데요.
부라마는 아들의 모습을 노인으로 만들었다고 해요.
노인이 된 비누시는 구석구석 찾아다니면서
어려운 사람을 도와주었죠.
그런데도 아버지는 칭찬을 해 주지 않는 거예요.
그러던 어느 날 비누시는 이루어질 수 없는 사랑 때문에
죽어 가고 있는 두 사람의 사랑을 맺어 주었어요.
그제야 부라마는 좋은 일을 했다고 흡족해했다고 합니다.
이 얘기는 사랑이 얼마나 중요한가를 잘 말해 주는데요.
주위에 사랑을 맺지 못하고 있는 분들이 있으면
좋은 인연으로 만들어 주세요.
사랑하는 사람을 맺어 주는 것이
가장 좋은 일이라고 하잖아요.

미소에 대한 답례

누군가에게 미소를 지어 보이면
그 미소를 돌려받게 된다고 해요.
그래서 기분이 좋아지죠.
미소를 지어 보냈을 때 답례를 하지 않는다고
기분 나빠할 필요 없습니다.
다른 사람이 대신 미소에 대한 답례를 하게 될 테니까요.
세상에서 가장 가난한 사람은 미소가 없는 사람이라고 하는데요.
먼저 미소를 짓기 싫으면
미소에 대한 답례라도 꼭 해 주셨으면 합니다.

모두가 아름다운 숫자

여러분은 어떤 숫자를 좋아하세요?
하나는 기본을 뜻하기 때문에
큰 의미가 있구요.
둘은 외롭지 않은 따스함이 있죠.
그리고 셋은 화합이라는 값진 관계가 있습니다.
하나, 둘, 셋
모두가 아름다운 숫자란 생각이 드네요.

다른 시각으로 보기

자동차왕 포드가 이런 말을 했습니다.
“내게 성공의 비밀이 있다면
그것은 다른 사람의 입장을 이해하고
사물을 다른 시각으로 바라보는 것입니다.”
다른 사람의 입장을 이해하려고 했기 때문에
소비자를 만족시킬 수 있었구요.
사물을 다른 시각으로 바라봤기 때문에
자동차 혁명을 일으킬 수 있었을 거예요.
포드는 부유층만 소유하던 자동차를
근로자들도 구입할 수 있는 가격으로
제조 단가를 낮추기 위해 최초로 분업을 실시하였지요.
그리고 장애인 근로자를 고용하여
각자 장애에 맞게 작업을 배치시켰기 때문에
근로자들이 파업을 했을 때도 공장은 멈추지 않았습니다.
포드의 이런 남다른 시각이
자동차의 대중화를 이끌어 냈던 것을 생각하면
다른 사람의 입장을 이해하고
사물을 다른 시각으로 바라보는 것이
성공의 비결이라는 포드의 말을 깊이 새기게 됩니다.

최고의 선택

행복도 선택이라고 합니다.
그래서 행복을 선택하면 행복해지고
불행을 선택하면 불행해진다고 해요.
누가 불행을 선택하겠느냐고 하시겠지만요.
행복을 지금이 아닌 앞으로의 목표로 생각하고 있기 때문에
지금 이 순간은 행복하지 않다고 생각합니다.
행복을 앞으로의 일로 미룰 것이 아니라
지금 행복해야겠다고 생각하는 것이
바로 행복을 선택하는 일이 되겠죠.

귀에 거슬리는 말이 약

채근담에 보면 이런 말이 나옵니다.
"귀에 거슬리는 말을 항상 귓속에 담아 두라."고 말입니다.
모든 말이 나를 기쁘게 한다면 그것은
무서운 독이 된다고 했는데요.
귀에 거슬리는 말이 약이 된다는 뜻이겠죠.

나와 함께 걸으라

인디언 아파치족 격언에 이런 것이 있습니다.
“내 앞에서도 뒤에서도 걷지 말라,
내가 따르지 않을 수도, 인도하지 않을 수도 있으니
나와 함께 걸으라, 우리는 하나이다.”라는 건데요.
참 의미 있는 말이죠.
함께 걸어야 자기를 따르지 않아 속상해하거나
인도해 주지 않아서 피해를 받는 일이
생기지 않는다는 겁니다.
함께 걸어야 공평한 것인데요.
함께 걸어야 하는 이유는
우리는 하나이기 때문이라고 했습니다.
우리 모두 하나라는 생각이 필요할 듯하네요.

자기 시간을 알자

"너 자신을 알라."
라는 철학자의 말을 실천하기는
참 어렵죠.
하지만 우리가 마음만 먹으면
알 수 있는 것이 있습니다.
바로 자기 시간을 아는 겁니다.
자기 시간을 안다는 것은
자기가 무엇을 할지 안다는 뜻이 되는데요.
이것은 사회에 대한 자기 책임을 다하게 만들기 때문에
사회적으로 인정받는 사람이 됩니다.
자기 시간을 알면
자기 자신을 알 수 있을 거예요.

용기가 없으면 위험

우리의 삶에는 항상 위험이 따르죠.
늘 낯선 일에 부딪히게 되니까요.
그래서 낯선 것을 거부하지 않는 용기가 필요합니다.
용기가 없으면 위험에 부딪히게 된다는 것을 알 수 있는데요.
도전할 일이 생기면 피하지 말고
부딪혀서 이겨 나가는 것이
무엇보다 중요하지 않을까 싶습니다.

헌신으로 얻은 자기 발전

독일 최고의 작가 헤르만 헤세는
정신장애에다 시각장애까지 갖게 되었는데요.
그의 곁에는 '니온 아우슬렌더라'는 여자가
늘 그림자처럼 따라다녔지요.
니온은 시력이 약화된 헤세에게
무려 1천 5백 권의 책을 읽어 주었다고 해요.
헤세는 니온 덕분에 작품 활동을 계속할 수 있었는데요.
니온의 이런 헌신적인 보살핌은
그녀 자신에게도 좋은 결실을 맺게 해 주죠.
헤세에게 책을 읽어 주고
헤세가 불러 주는 글을 받아 적었던 것이
아주 좋은 문학 수업이 됐던 거예요.
그래서 니온 자신도 소설가로 명성을 얻게 됩니다.
헤세와 니온은 서로에게 필요한 사람이었다는 것을 알 수 있는데요.
사람들은 니온이 희생을 했다고 생각하지요.
헌신은 희생이 아니라
또 다른 자기 발전이란 생각이 듭니다.

세 가지 질문

톨스토이는 사람에게 필요한 질문 세 가지가 있다고 했죠.
하나는 "나에게 가장 중요한 사람은 누구인가?"를 묻는 것인데요.
그 대답은 바로 내 옆에 있는 사람입니다.
"무엇이 가장 중요한 일인가?" 하는 두 번째 질문에 답은
바로 자기가 하고 있는 일이라고 해요.
그리고 "가장 중요한 시간이 언제인가?"를 생각해 본다면
그것 역시 지금이란 해답이 나옵니다.
우리도 내 자신에게 이 세 가지 질문을 하면서
나에게 소중한 것들을 놓치지 않았으면 합니다.

대작은 빨리 완성되지 않는다

우리는 뭐든지 빨리빨리 끝내기를 좋아하는데요.
오랜 시간을 두고 완성해 나가는 것도
큰 성공을 이룰 수 있는 좋은 방법이 아닌가 싶어요.
인간의 영혼을 노래한 최고의 걸작 「파우스트」는
독일의 작가 괴테가 40년에 걸쳐 완성한 작품이라고 합니다.
괴테가 「파우스트」를 완성한 것은 82세였죠.
괴테는 이 작품을 끝으로 다음 해 세상을 떠났는데요.
「파우스트」를 완성했다는 기쁨에 행복한 죽음을 맞이했다고 해요.
한 작품에 40년의 노력을 기울였다는
사실 하나만으로도 괴테가 얼마나 진지하게
자기 일에 최선을 다 했는가를 알 수 있습니다.
이렇게 한 가지 일에 평생을 바친다면
단시간 내에 이루는 성공과는 비교도 할 수 없는
커다란 업적이 만들어지지 않을까 싶습니다.

나 자신과의 약속

가장 소중한 약속은
나 자신과의 약속이라고 하는데요.
사람들은 자기 자신과의 약속엔
별로 부담을 느끼지 않고 있는 듯해요.
그래서 사정에 따라 언제라도 쉽게 깨곤 합니다.
하지만 자기 자신과의 약속을 가장 먼저 지켜야 한다고 해요.
그 약속은 자기를 발전시키는 힘이 되기 때문이죠.
모든 약속이 다 소중하지만요.
자기 자신과의 약속에도 충실해서
자기를 발전시킬 수 있었으면 합니다.

겸손해지려는 노력

겸손해지려면
늘 노력해야 한다고 합니다.
조금만 게으름을 피워도
교만이란 잡초가 생기기 때문이죠.
잡초가 있으면 아무리 좋은 꽃밭도
가지런해 보이지 않듯이요.
조금만 교만해도 겸손에 큰 상처가 납니다.
그래서 겸손해지려는 노력을
꾸준히 해야 인격이 빛나게 됩니다.

프랭클린 수첩

미국의 사상가 벤저민 프랭클린은
손에 꼭 수첩을 들고 다녔다고 해요.
그 수첩에 자신이 지켜야 할 13가지 덕목을 적어 놓고
자신이 얼마나 실천을 했는지 꼼꼼히 체크했다고 합니다.
프랭클린은 50년 동안 이렇게 자기 관리를 했기 때문에
사람들로부터 존경을 받을 수 있었죠.
지금도 미국에서는 프랭클린 계획장이란 수첩이
인기 상품이라고 하네요.
자기 관리를 하고 싶은 사람들이 수첩에다
프랭클린처럼 꼭 해야 할 것과
해서는 안 될 것을 적어 놓고
그것을 지키기 위해 매일 체크를 한다고 해요.
이것이 자기 계발 교육인데요.
우리도 이런 원칙을 세워 놓고
하루하루 점검을 한다면
자기 계발에 큰 도움이 되겠죠.

우리에겐 꿈이 있습니다

인종차별을 받고 있던
미국의 흑인들에게 희망을 주었던 것은
마틴 루터 킹이 한 바로 이 말 때문이었다고 해요.
"우리에겐 꿈이 있습니다."
지금 생각해 보면 당연한 것이지만
인종차별이 심각했던 당시로서는 꿈이 있다는 말에
새로운 희망을 갖게 되었던 겁니다.
이 말은 오늘을 사는 우리에게도 필요한 말이 아닌가 해요.
"우리에겐 꿈이 있습니다."라는 말
우리도 가슴 깊이 새기면서
꿈을 향해 부지런히 달려가야겠지요.

모닥불같이 살면

"훨훨 타오르는 큰 불길보다
몸을 녹이는 훈훈한 모닥불이 더 좋다."는
영국 속담이 있습니다.
훨훨 타오르는 것 같은 성공은
금방 재가 될 수 있지만요.
모닥불같이 살면 소박하긴 하지만
언제나 편안한 즐거움이 있다는 것을
말해 주고 있습니다.

에디슨의 실패는 성공의 과정

모든 일은 쉽게 이루어지지 않죠.
알고 보면 많은 어려움 끝에 얻은 결과입니다.
전구를 발명해서 인간 세상에 밝은 빛을 선사한
발명왕 에디슨이 발명을 쉽게 한 것처럼 보여두요.
에디슨은 전구를 발명할 때 무려
2천 번 이상의 실험 끝에 성공을 했다고 해요.
이런 사실을 안 젊은 기자가 에디슨에게 물었지요.
"그렇게 수천 번의 실패를 했을 때 포기하고 싶지 않았느냐."고.
그러자 에디슨은 이렇게 대답했어요.
"실패했다고 생각하지 않고 2천 단계를 거쳐서
전구를 발명했다고 생각하고 있다."고 말입니다.
실패라고 생각하면 거기에서 멈추게 되지만요.
과정이라고 생각하면 희망을 갖고 더 노력하게 되지요.
우리는 너무 쉽게 실패를 속단하지 않았나 싶습니다.

검소한 생활

진정한 부자는 검소한 생활을 하지 않나 싶어요.
강철왕 카네기는 부자가 된 후에도 호텔에서 머물게 되면
가장 값싼 방을 사용했다고 해요.
호텔 지배인이 고급스런 방을 권해도
가난했던 시절에 쓰던 작은 방이 가장 편하다고 거절했죠.
그렇게 검소한 카네기였기에
카네기는 미국 국민들로부터 존경을 받을 수 있었을 거예요.
우리나라에도 이런 진정한 부자가 있는지 생각해 보게 됩니다.

아름다운 우정

요즘도 이런 아름다운 우정이 있을까요?
독일의 유명한 화가 뒤러는 청년 시절
너무나 가난해서 공부를 할 수 없었다고 해요.
그래서 생각다 못해 절친한 친구와 이런 약속을 하게 되죠.
한 사람이 돈을 벌어서 그 돈으로 친구 학비를 대준 후에
공부가 끝나면 그 사람이 돈을 벌어서
그 친구의 학비를 마련해 주기로 한 겁니다.
그래서 뒤러가 먼저 공부를 하게 됐는데요.
어느 날 뒤러가 친구를 만나러 갔다가
친구가 두 손을 모으고 간절히 기도하는 모습을 봤지요.
그 친구는 뒤러가 훌륭한 화가가 되기를 기도하고 있었는데요.
그 기도하는 손이 너무나 일을 많이 해서
몹시 거칠어져 있는 것을 알게 됩니다.
뒤러는 친구의 우정에 감동을 받아 눈물을 흘리면서
그림을 그렸는데 그것이 그 유명한 〈기도하는 손〉입니다.
뒤러는 친구 덕분에 공부도 할 수 있었고
친구의 기도대로 유명한 화가도 될 수 있었습니다.
이렇게 친구를 위해 희생할 수 있는 우정이
얼마나 큰 일을 해냈는가를 알 수 있지요.

편견이란 어항

고이라는 잉어는 작은 어항에 넣어 주면
5cm밖에 자라지 않지만요.
강물에 방류하면 120cm까지 자란다고 합니다.
우리의 생각도 마찬가지죠.
우리 생각이 편견이란 어항 속에 갇혀 있을 때는
매우 협소하지만요.
큰 뜻을 품고 꿈을 가지면
무한한 가능성을 보일 수 있죠.
여러분의 생각이 편견에 갇혀 있지 않은지
생각해 보시기 바랍니다.

추측은 많은 것을 파괴한다

절망은 일부를 파괴하지만
추측은 많은 것을 파괴한다고 합니다.
그만큼 추측이 위험하다는 뜻이죠.
추측은 진실이 아닐 때가 많아서
더 많은 오해를 낳게 되는데요.
추측 때문에 피해를 보지 않도록
추측을 자제하는 자세가 필요합니다.

진정한 국민 가수

사람들의 사랑을 받는 인기인들은
공인으로서 행동했을 때 더 뜨거운 갈채를 받을 수 있지요.
이탈리아의 테너 카루소가 친구와 함께 식당에 갔을 때의 일입니다.
그를 알아본 지배인이 자기 식당에 카루소가 왔다는 것을
자랑하고 싶어서 노래를 한 곡 불러 달라고 요청했죠.
친구는 그것이 무례한 부탁이라고 지배인을 나무랬지만
카루소는 식당에서 노래를 부르기 시작했습니다.
식당 안에 있던 손님들이 환호하며 박수 갈채를 보냈어요.
식당은 어느새 오페라 극장을 방불케 했습니다.
카루소는 자신의 노래를 사랑하는 사람만 있으면
때와 장소를 가리지 않고 노래를 불렀는데요.
그것이 카루소를 세계적인 성악가로 만드는 원동력이 됐습니다.
진정한 프로는 카루소처럼 자기 일에
언제나 최선을 다하지 않나 하는 생각이 듭니다.

미래의 인재

미래의 인재는
주위 사람들과 조화를 이룰 줄 알아야 하구요.
논리가 아닌 공감으로 사람들을 이끌 수 있어야 한다고 합니다.
그러니까 미래의 인재는 능력 있는 개인주의가 아니라
사람들 속에서 리더십을 발휘할 수 있는
인간적인 매력이 있는 사람이라는 것을 알 수 있는데요.
그런 미래의 인재를 키우기 위해서는
인성 교육이 더욱 필요하지 않을까 싶습니다.

자선사업으로 치유

석유왕 록펠러가 자선사업에 몰두하게 된 것은
암선고를 받고나서였다고 해요.
의사로부터 1년밖에 살 수 없다는 얘기를 듣고
사업을 정리해야겠다고 생각하고 있던 록펠러에게
그의 어머니는 자선사업할 것을 권했죠.
록펠러는 자선사업을 하면서
모든 고통이 사라지고 행복해지기 시작했다고 합니다.
자선사업으로 행복해진 록펠러는
그 후 40년 동안이나
건강한 삶을 살았다고 해요.
좋은 일을 하는 것이
행복과 건강을 찾는 방법이 아닌가 싶어요.

열린 몸과 마음이 필요하다

마음이 편안할 때는 손을 펴지만
억울하거나 분할 때는 주먹을 쥐게 되지요.
그래서 우리 마음도
부드럽게 열려 있다가도
주먹을 쥐는 것처럼
단호하게 마음을 닫아 버리곤 합니다.
우리 몸과 마음은 열렸다 닫혔다를 반복하고 있는데요.
몸과 마음이 항상 열려 있으려면
억울하거나 분한 일이 생기지 않도록
서로 노력해야겠지요.

하고 싶은 일에 희망을

로망롤랑이 이런 말을 했습니다.
"원하는 모든 일을 할 수는 없지만
원하는 일에 희망을 갖고 살아갈 수는 있다."고 말입니다.
그렇게 희망을 갖고 있으면
일이 즐겁고 행복해진다고 해요.
하고 싶은 일에 희망을 갖는 것부터 시작할까요.

위대한 평화주의자

미국의 역사학자들이 가장 특이한 인물로
로버트 리를 꼽았는데요.
로버트 리는 남북전쟁 당시 남군 사령관이었어요.
그는 남군뿐만이 아니라 북군들도 좋아했다고 해요.
그 이유는 남군이다 북군이다 하는 구분을 짓지 않고
모든 사람들을 똑같이 대했기 때문이죠.
역사학자들이 로버트 리가 남긴 편지나 일기 또 연설문 같은
모든 문건을 조사해 봤는데 그는 적군이란 표현을
단 한 번도 사용하지 않았다고 하네요.
그래서 로버트 리는 군인이지만
적군이 없었던 위대한 평화주의자였던 거예요.
적군을 만들지 않는 것, 이것이 모든 사람을 위해
평화를 만드는 최고의 방법이 아닌가 싶습니다.

사실을 알리는 세 가지 방법

상대방에게 어떤 사실을 알리는 방법으로
세 가지가 있다고 합니다.
하나는 "있는 사실을 그대로 알리는 보고"이고
또 하나는 "없는 사실까지 만들어 얘기해 주는 고자질"이 있죠.
그리고 세 번째 알림은 "사실은 물론이고 주변의 상황까지
알려 주는 충언"이 있다고 해요.
우리가 정말 귀기울여야 할 알림은 '충언'일 텐데요.
사람들은 충언을 별로 좋아하지 않지요.
충고를 기꺼이 받아들이는
열린 마음이 필요하단 생각이 듭니다.

참다운 정열은 아름다운 꽃

참다운 정열은 아름다운 꽃과 같다고 합니다.
꽃은 작은 씨앗에서 피어나듯이
정열도 보잘것없는 작은 것을
크고 탐스럽게 키워 내기 때문입니다.
정열만 있다면 우리는 언제라도
아름다운 꽃이 될 수 있습니다.

한 손으로 연주하기

오스트리아의 피아니스트 파울 비트겐슈타인은
제1차 세계대전에 참전했다가 오른쪽 손을 잃었는데
피아니스트에게 그것은 치명적인 일이었죠.
그가 고통 속에 있자 친구 라벨이
왼손을 위한 피아노협주곡을 작곡해서 비트겐슈타인이
왼손 하나로 피아노 연주를 할 수 있게 해 주었습니다.
또 미국의 유명한 락그룹 데프레파드도 비슷한 경우예요.
드러머였던 릭 앨런이 사고로 한쪽 팔을 잃었는데 멤버들은
앨런이 한쪽 손으로 드럼을 칠 수 있을 때까지 기다려 줬죠.
그래서 데프레파드 그룹은
한손 드러머 릭 앨런 덕분에 더 유명해졌습니다.
이 두 가지 사례를 보더라도 장애는 다른 방식으로
얼마든지 보완될 수 있는데요.
우리는 너무 힘들게만 생각해서 기회를 주지 않고 있죠.
어려움이 생기면 그것을 해결할 수 있는 방법을
함께 찾는 것이 그 사람을 위하는 길입니다.

사랑과 성실

살다 보면 생각지도 못했던 어려움을 당하게 되죠.
그럴 때 걱정은 물론이고, 이 고비를 잘 이겨 낼 수 있을까
하는 두려움이 생기기도 합니다.
누구한테나 걱정과 두려움은 생기기 마련인데요.
마음속에 사랑이 있으면
그 사랑이 두려움을 몰아낸다고 해요.
그리고 성실하면 어떤 어려움도
이겨 낼 수 있는 힘이 생기지요.
그러니까 살아가면서 가장 필요한 것은
사랑과 성실입니다.

양심은 강하다

양심은 어떤 과학의 힘보다 강하고 현명하다고 합니다.
양심을 지키면 그 어떤 상황에서도
당당해질 수 있기 때문에 강해 보이고
양심적으로 행동하면 거짓이 끼어들지 못하기 때문에
현명해질 수 있다고 하는데요.
양심에 부끄러운 일이 없도록 해야겠습니다.

봉사는 겸손에서 나온다

아프리카에서 의료봉사를 한 슈바이처가 고향에 돌아왔을 때
고향 사람들은 슈바이처를 마중하러 기차역으로 나갔습니다.
그런데 아무리 기다려도 슈바이처가 나오지 않아서
이상하게 생각하고 있었는데요.
그때 3등칸 기차에서 맨 마지막으로 내리는
슈바이처를 발견하게 되지요.
사람들은 급히 달려가서 왜 3등칸을 타고 왔는지를 물었어요.
그러자 슈바이처 박사는 "4등칸이 없어서…."라고 말합니다.
어찌 들으면 우습게 들릴 수 있어두요.
이 모습이 바로 아프리카 대륙에서 질병으로 죽어 가는
사람들의 생명을 구한 슈바이처의 진심이란 생각이 듭니다.
봉사는 다름 아닌 겸손에서 나오지 않나 싶어요.
그런데 간혹 생색내기식의 봉사를 하는 사람들도 있는데요.
슈바이처의 겸손한 봉사를 교훈으로 삼았으면 합니다.

명상의 시간

화가 고갱이 이런 말을 했죠.
"나를 보기 위해 눈을 감는다."고 말입니다.
참으로 의미 있는 말입니다.
우리는 항상 눈을 뜨고 있기 때문에
자기 자신을 보지 못하고 있는지도 모르겠어요.
나를 알기 위해
눈도 감아 보고
귀도 막아 보고
말도 하지 않는
그런 명상의 시간이 필요하다는 생각이 듭니다.

진정한 부자

진정한 부자는 돈을 많이 갖고 있는 사람이 아니라
밝은 미소를 가진 사람이 아닐까 해요.
백만장자 카네기도 경제 불황으로 어려움을 겪을 때
살고 싶지 않아서 죽을 생각을 했다고 합니다.
카네기가 강물에 몸을 던지려고 걸어가고 있는데
거리에서 연필을 팔고 있는 남자를 만나게 되죠.
그 남자는 두 다리가 없는 상태로
바퀴가 달린 판자 위에 앉아서 연필을 팔고 있었어요.
카네기는 그 남자에게 1달러를 주어요.
그 남자는 카네기에게 연필을 내밀었는데 카네기는 받지 않았지요.
카네기는 죽을 생각을 하고 있었기 때문에 연필이 필요 없었던 겁니다.
그래서 뒤도 돌아보지 않고 총총히 걸어가고 있는데
그 남자는 바퀴를 굴리며 따라와 1달러를 내주었죠.
카네기는 그제야 그 남자의 얼굴을 자세히 볼 수 있었는데요.
놀랍게도 그 남자는 얼굴 가득 미소를 짓고 있었어요.
그 미소를 본 순간 카네기는 새로운 용기를 얻게 됐다고 합니다.
카네기를 다시 살린 것은 두 다리가 절단된
남자의 미소였다는 것을 기억했으면 합니다.

불행을 행운으로

성공의 기회는 자신이 만드는 것이라고 합니다.
돌이 날아오면 사람들은
그것을 발로 차 버리기 때문에
발을 다치게 된다고 해요.
"돌이 날아오면 그 돌을 잘 받아서
그것으로 주춧돌을 삼으라."는 말이 있습니다.
이 말은 불행조차도 소중히 여기면
행운이 될 수 있다는 뜻입니다.
힘든 순간을 넘기면 반드시 좋은 일이 생긴다는 것
꼭 기억해 두시기 바랍니다.

청각장애 실학자 유수원의 개혁

우리 한국사에서 공개적으로 신분제 타파를 거론한 것은
조선조 영조 임금 때였죠.
그때 목숨을 걸고 신분제 타파를 주장한 사람은
실학자 유수원인데요.
그는 소리를 듣지 못하는
청각장애인이었다고 합니다.
그의 호는 농암인데 농자는 소리를 듣지 못한다는
뜻을 담고 있어서 그의 청각장애를 잘 드러내고 있죠.
그는 문장이 뛰어나서 「우서」라는
나라를 경영하는 방법을 논하는 실용서를 남기기도 했습니다.
유수원은 만민 평등사상을 바탕으로 백성들에게 교육을 시켜
정치에 등용을 시키자는, 당시로서는
혁명적인 제안을 하기도 했습니다.
한마디로 신분제를 타파하자는 건데요.
그의 이론은 조선 사회를 변화시키는 불씨가 되었죠.
청각장애 속에서 한국사를 새롭게 쓰게 한
유수원이란 인물을 꼭 기억했으면 합니다.

삶의 흔적

우리네 인생을 '공수래공수거(空手來空手去)'라고 해서
빈손으로 왔다가 빈손으로 간다고 말하죠.
태어날 때는 빈손으로 오는 것이 분명하지만요.
떠날 때는 절대로 빈손이 아니라고 해요.
"살아생전 남에게 준 것을 손에 쥐고 가는 거라."고
철학자 휴바드가 말했습니다.
남에게 많이 베푼 사람이 진정한 부자라는 뜻이죠.
우리 삶의 흔적은 바로 어려운 이웃에 대한
사랑의 실천으로 남는 것이 아닌가 싶습니다.

말은 마음의 그림

영국 속담에 "말은 마음의 그림이라는 것"이 있습니다.
그림을 그릴 때는 아름답게 그리려고 정성을 쏟으면서
말은 함부로 하는 경향이 있지요.
말은 마음의 그림인데요.
좀 더 신중히 좀 더 다듬어서
아름다운 말을 하도록 노력해야겠습니다.

심리학자 에릭슨의 모순

우리 마음은 어떻게 생겼을까 궁금하죠.
그래서 많은 정신분석학자나 심리학자들이
인간의 의식 세계에 대한 연구를 하고 있습니다.
심리학계에서는 에릭 에릭슨의 업적을 높이 평가하고 있어요.
자아심리이론을 개발해서 성격이론의 중요성을 강조했거든요.
그런데 에릭슨에게 한 가지 이해하기 힘든 가족사가 있습니다.
에릭슨에게는 아들 셋과 딸 하나가 있었는데요.
막내아들 네일이 다운증후군을 갖고 태어났어요.
에릭슨은 자녀들에게 네일이 태어나자마자
죽었다고 말하고 그를 시설로 보냈습니다.
네일은 시설에서 20여 년을 보내다가 쓸쓸히 세상을 떠났다고 해요.
에릭슨은 가족의 문제를 정직하게 다루어야 한다고
충고를 했으면서도 자기 자신은 가족의 문제에 정직하지 못했죠.
에릭슨은 장애인에 대해서는 부정적인 인식을 갖고 있었던 듯해요.
누구보다 정신세계의 중요성을 강조했던 세계적인 심리학자였지만
장애 자녀 문제에 있어서만큼은 이중적인 모순을
갖고 있었다는 사실이 마음 아픕니다.
장애인 가족에 대해 좀 더 당당해졌으면 좋겠어요.

가까이하고 싶은 사람이 되려면

사람들이 자기를 피하고 있다고 생각해 보세요.
그건 정말 슬픈 일이죠.
사람들이 자기와 가까워지고 싶어한다면
그것처럼 행복한 일은 없을 거예요.
어떻게 해야 가까이하고 싶은 사람이 될까요.
늘 웃고
다른 사람에게 친절하고
자기 일을 열심히 하는 사람이
바로 가까이하고 싶은 사람이라고 하는데요.
여러분들도 한번 시도해 보시지 않겠어요.

펄벅 여사도 장애아 부모였다

「대지」라는 대작을 남긴 펄벅 여사에게 지적장애 딸이 있었는데요.
펄벅은 장애아 부모로서도 훌륭한 면을 보였습니다.
아이가 남들과 다르게 태어났더라도
그 아이가 내 아이라는 사실은 변함이 없다고 했죠.
장애아로 태어났다고 아이를 버리는 부모도 있는데요.
그것은 사실을 은폐시키는 범죄라고 지적했습니다.
그리고 아이가 문제를 갖고 태어났다 해도
그 아이에게는 삶의 권리가 있고
또한 행복해질 수 있는 권리도 있는데
그 권리를 부모가 찾아 주어야 한다고 했죠.
그러면서 이런 말도 했어요.
장애아는 부모와 세상 모든 사람들에게
중요한 의미를 주는 존재라고 말입니다.
그 중요한 의미가 무엇인지를 깨닫는다면
부모가 장애 자녀를 자랑스럽게 생각할 거구요.
또 세상 사람들도 장애인을 더 이상
낯설게 보지 않을 거란 생각이 듭니다.

세 가지 실천하기

지금 당장 실천해서 좋을 세 가지가 있는데요.
그것은 "사랑하기, 감사하기, 겸손하기"라고 합니다.
사랑을 하면 미움이 사라져서 좋구요.
감사해하면 불만이 줄어서 좋다고 해요.
그리고 겸손하면 욕심이 없어져서 좋죠.
사랑하기, 감사하기, 겸손하기를 잘 실천하면
자기 자신도 행복하고
다른 사람들에게 피해를 주지 않아서
모두에게 좋은 거라고 합니다.

적을 친구로

어제의 동지가 오늘의 적이 되는 경우를 많이 보게 되는데요.
어제의 적을 오늘의 동지로 만들어야 큰 일을 할 수 있다고 합니다.
미국의 링컨 대통령에게 변호사 시절부터
링컨을 못마땅하게 여겼던 에드윈 스탠턴이라는 정적이 있었죠.
링컨은 대통령이 된 후 에드윈을 국방부 장관으로 임명했습니다.
주위에서 모두 말렸지만 링컨은 이렇게 말했죠.
적을 친구로 만드는 일이야말로
가장 큰 힘을 얻게 되는 것이라고 말입니다.
에드윈은 내각에 입각한 후
링컨 대통령을 정말 열심히 도왔다고 해요.
링컨 대통령이 총에 맞은 순간도 에드윈 장관은
링컨 대통령을 부둥켜안고 통곡을 하면서
이런 유명한 말을 남겼지요.
"여기 가장 위대한 사람이 누워 있다."라고 말입니다.
생활을 하다 보면 여러 가지 문제로
자기와 반대편에 선 사람들이 있는데요.
그 사람들을 멀리하기보다는 가까이하는 것이
더 도움이 된다는 것을 알 수 있는 일화였습니다.

씨앗 뿌리기

나폴레옹이 이런 말을 했다고 합니다.
"생각의 씨앗을 뿌리면 행동의 열매가 열리고
행동의 씨앗을 뿌리면 습관의 열매가 열리고
습관의 씨앗을 뿌리면 성격의 열매가 열리고
성격의 씨앗을 뿌리면 운명의 열매가 열린다."고 말이죠.
여기서 운명이라고 하는 것은 확실한 사실을 뜻하는 것일 텐데요.
모든 것은 작은 운명에서 결정된다는 뜻이겠죠.
지금 우리는 무엇을 뿌리고 있나요.

가능성을 믿자

우리는 현재의 모습으로 사람을 평가하지만요.
그런 평가는 잘못되는 경우가 많습니다.
사람은 얼마든지 변할 수 있으니까요.
젊은 시절 피카소는 무척 가난했다고 해요.
어느 날 카페에서 빵과 커피로 굶주린 배를 채우고
나오면서 음식값을 내려고 하는데
주머니 속에 돈이 단 한푼도 없는 거예요.
피카소는 미안해서 냅킨에 그린 카페 주인의 초상화를 내밀었죠.
주인은 빙그레 웃으면서 그 그림으로
음식값을 대신하면 된다고 피카소를 격려해 주었어요.
피카소가 유명하게 되었을 때 그 카페 주인은
그 그림을 수백만 달러를 주고 팔았다고 합니다.
만약 카페 주인이 그 그림을 받지 않고 음식값을 요구했다면
그는 그 많은 돈을 벌 수 없었을 거예요.
사람의 가능성을 믿어 주는 것,
그것이 세상을 크게 만드는 에너지가 된다는 생각이 듭니다.

솔직함이 매력이다

사람을 끄는 인간적인 매력이 있는 사람이 있는데요.
그 느낌은 어디에서 생기는 것일까요.
그것은 솔직함에서 나오지 않을까 해요.
그런데 그 솔직함은 자신감과 겸손함에서 비롯되죠.
자신감이 있기 때문에 솔직할 수 있는 거구요.
겸손하기 때문에 솔직하게 모든 것을 드러내는 것이거든요.
인간적인 매력은 사람을 휘어잡는 큰 역할을 하는데요.
그런 힘을 갖고 싶으면 솔직하고 겸손해야 한다는 것
꼭 기억했으면 합니다.

인생은 곱셈

인생은 곱셈이라고 합니다.
그래서 내가 0이면 어떤 기회가 주어져도
손에 쥐어지는 것이 없다고 해요.
노력을 하지 않고는 결코
아무것도 얻을 수 없다는 뜻인데요.
지금 혹시 내가 0이란 숫자로 인생을 살고 있지는 않은지
생각해 봐야겠습니다.

언어장애가 만든 명연설

언어장애가 있었던 윈스터 처칠 수상은 명연설가로 유명하지요.
처칠은 언어장애 때문에 말을 길게 하지 않았다고 해요.
그래서 짧게 표현했는데 그것이 관중들에게
강한 인상을 심어 주었어요.
2차 세계대전으로 피폐해진 영국인을 다시 일으켜 세운 것은
바로 이 말 한마디 때문이었습니다.
"결코, 결코, 결코 포기하지 않습니다."
'결코'라는 말을 반복한 것은 처칠의 언어장애에서 비롯된 것이지만
사람들에게는 수상의 강력한 의지를 전하는 연설이 됐던 것입니다.
장애로 손해만 보는 것은 아닌 듯합니다.

인생의 사막을 건너는 방법

아무리 힘들어도 사막에서는 쉬어서는 안 된다고 하죠.
잠시 쉬었다 가야지 했다가는
갈증이 더 심해서 다시 걸을 수 없게 된다는 거예요.
살다 보면 끝이 보이지 않는 사막을 만나게 될 때가 있는데요.
아무리 힘들더라도 그 고통을 견뎌 내야지
포기하면 정말 낙오자가 되고 말 거예요.
힘들 때일수록 앞으로 나가야 한다는 것이
인생의 사막을 건너는 방법이 아닐까 합니다.

아픔에서 나온「피터팬」

자라지 않는 아이「피터팬」은
우리한테 아주 친근한 캐릭터인데요.
이「피터팬」이 어떻게 해서
탄생된 것인지를 알면 가슴이 아프실 거예요.
「피터팬」 작가 제임스 배리는 실제로 왜소증 장애인이에요.
그래서 늘 아이 취급을 받았죠.
제임스에게는 형이 하나 있었는데
어머니는 유난히 형을 편애했어요.
그런 형이 죽자 어머니는 비탄에 빠졌는데
그 후론 제임스에게 더욱 무관심했다고 해요.
어머니로부터 사랑을 받지 못하고
장애 때문에 무시를 당하며 살았기 때문에
제임스 배리는「피터팬」이라는 인물을
창조해 낼 수 있었던 것이지요.
아픔은 고통으로 끝나지 않고
새로운 창조의 힘이 될 수 있다는 것을 알 수 있습니다.

어렸을 때부터 배워야 할 것

티베트의 정신적인 지도자 달라이 라마가 이런 말을 했습니다.
"어렸을 때부터 배워야 할 것이 있는데 그것은 바로
다른 사람을 이해하고 돕는 방법입니다."라고 말입니다.
우리는 정말 배워야 할 것을 배우지 못하고
성장했다는 생각이 듭니다.
그리고 지금도 어린아이들에게
정말 가르쳐야 할 것을 가르치지 않고 있죠.
남을 이해하고 돕는 방법을 배운다면
지금보다 훨씬 살기 좋은 세상이 되지 않을까 싶네요.

최고의 배려

영국에 존 호프너라는 초상화 화가가 있었는데요.
호프너는 모델이 즐겁지 않을 때는 그림을 그리지 않았다고 해요.
기분이 언짢거나 걱정이 있는 상태로 모델을 하면
아름다운 표정이 나오지 않기 때문이죠.
음악가 하이든의 초상화를 그릴 때
이미 하이든은 노쇠한 탓에 기력이 하나도 없었어요.
그래서 호프너는 하이든이 즐거울 수 있도록
악사들을 불러 연주를 해 주며 음악에 심취해 있는
하이든의 초상화를 완성할 수 있었죠.
그 초상화가 호프너의 대표작이 됐습니다.
상대방을 최대로 배려해 줬던 것이
호프너를 최고의 초상화 화가로 만들어 줬던 건데요.
배려의 힘이 정말 대단하지요.

능력과 무능력의 차이

아라비아 속담에 이런 말이 있습니다.
"무엇인가 하고 싶은 사람은 방법을 찾아내고
아무것도 하기 싫은 사람은 구실을 찾아낸다."고 말입니다.
방법을 찾으면 할 수 있는 능력이 생기지만요.
하지 않을 구실을 찾아내는 사람은 무능력이 쌓인다고 해요.
여러분은 어떤 사람이 되고 싶으신지요.
무언가 하고 싶은 사람이 되셨으면 합니다.

칭찬은 가장 좋은 식사

"칭찬은 가장 좋은 식사."라는 말이 있습니다.
식사를 하지 않으면 영양 공급이 되지 않아서 살 수 없듯이
칭찬이 없다면 건강한 생활을 할 수 없다고 해요.
맛있는 식사처럼
맛깔스런 칭찬이 꼭 필요하단 생각이 듭니다.

「빨간 머리 앤」이 출간되기까지

우리는 우리가 알고 있는 모든 걸 쉽게 생각하죠.
하지만 알고 보면 모든 일이 다
어렵게 이루어졌다는 것을 알 수 있습니다.
동화 「빨간 머리 앤」은 루시 모드 몽고메리 작품인데요.
몽고메리는 이 작품을 서른 살에 썼지요.
하지만 그 줄거리는 스무 살 때 만들어졌다고 해요.
주근깨 투성이의 빨간 머리 소녀에 대한
이미지가 떠올라서 메모를 해 두고는 잊고 있었어요.
그러다 10년이 지난 후
그 메모를 발견하고 작품으로 옮기기 시작했죠.
하지만 그 당시 출판사에서는
「빨간 머리 앤」을 좋게 평가하지 않았어요.
그래서 출판을 하지 못하고 있다가
3년 후에야 빛을 보게 됐는데요.
출간하자마자 이 작품은 세계적인 명작이 됐습니다.
포기하지 않고 기다리다 보면
이렇게 좋은 결실을 맺게 된다는 것이 희망을 줍니다.

기분에 따라 행동하면

채근담에 이런 말이 나옵니다.
"기분 좋을 때 쉽게 약속하지 말고
지쳤더라도 일을 미완성인 채 내버려 두지 말라."구요.
기분에 따라 한 약속은 지키지 않는 경우가 많구요.
다 해 놓고 지쳤다고 일을 마무리짓지 않으면
일이 완성되지 못하기 때문에 아무런 성과가 없습니다.
그래서 기분 좋을 때 쉽게 약속하지 말고
지쳤더라도 일을 마무리지으라고 하는 것입니다.

세계적인 음악가를 보는 법

어느 음악회에서 있었던 일입니다.
청중들은 세계적인 성악가의 노래를 듣기 위해
공연이 시작되기를 기다리고 있었는데요.
기다리던 스타가 아닌 신인 성악가가 나오는 것이었어요.
그리곤 그 성악가가 아직 도착을 못했다는 사과를 했죠.
그는 공손히 인사를 하고 열창을 했지만
사람들의 반응은 냉랭하기만 했어요.
노래가 끝나도 박수조차 치지 않았습니다.
그때 한 어린이가 고사리 같은 손으로 박수를 치며
최고라는 찬사를 보냈죠.
어른들은 그제야 박수를 치기 시작했습니다.
그 신인 성악가가 누군지 아세요?
바로 루치아노 파바로티예요.
어른들은 명성으로 사람을 평가하지만
순수한 어린이들은 모든 사람들을 똑같이 대했던 거죠.
파바로티는 그 어린이의 박수에 힘입어
세계적인 성악가가 될 수 있었다고 합니다.

집착과 자책은 위험하다

실수를 해 놓고 후회하는 것은
모든 사람들의 똑같은 마음일 거예요.
그런데 그 사실에 집착해서 스스로를 자책하면
그 문제는 극복하기 어렵다고 합니다.
실수를 빨리 회복하려면
실수를 보완할 만한 다른 방법을 찾는 것이 가장 현명하겠지요.
집착과 자책은 자기 자신을 파멸시키는
돌이킬 수 없는 실수를 하게 만듭니다.

내적 동기가 필요하다

어떤 일을 시작하는 데는 동기가 있기 마련인데요.
누가 알아주지 않더라도 자기 만족을 위해
최선의 노력을 다하는 것을 심리학에서는 내적 동기라고 합니다.
그런데 이 내적 동기를 미켈란젤로 동기라고 해요.
바로 이런 일화 때문입니다.
미켈란젤로가 그린 불후의 명작 〈천지 창조〉는
시스티나 성당 천장화인데요.
미켈란젤로는 이 그림을 그리기 위해
4년 동안이나 성당에서 그림 작업을 했죠.
천장 밑에 세운 작은 작업대에서 고개를 뒤로 젖힌 상태로
그림을 그려야 했기 때문에 몹시 힘들었지만요.
그는 천장 구석구석까지 정성스럽게 그림을 그렸어요.
어느 날 친구가 찾아와서 잘 보이지도 않는 구석까지
누가 안다고 그렇게 정성을 들일 필요가 있느냐고
미켈란젤로에게 충고를 했어요. 그러자 미켈란젤로는
자기가 알고 있지 않느냐고 반문을 했다고 합니다.
미켈란젤로는 누구에게 인정받기 위해 그림을 그린 것이 아니라
최선을 다해 완성한 작품에 대한 자부심을 갖고 있었기 때문에
르네상스 최고의 화가가 되지 않았을까 싶습니다.

두 마리 토끼를 쫓지 않는다

비스마르크는 성공의 규칙을 이렇게 말했어요.
"두 마리 토끼를 쫓지 않는 것"이라고 말입니다.
우리나라 속담에도 그런 것이 있지요.
"한 우물만 파라."구요.
뭐든지 한 가지 일을 꾸준히 하다 보면
성공이라는 결실을 맺게 됩니다.
지금 하는 일이 다소 초라해 보이더라두요.
꾸준히 하다 보면 반드시 빛을 발할 수 있다는
확신이 필요합니다.

자연과 하나되면

우리는 누구나 자유를 원하는데요.
자유로운 사람이 되고 싶으면
바닷물에 있을 때는 물고기가 되고
하늘에 있을 때는 붕새가 돼야 한다고 해요.
자연과 완전히 하나가 되어야
진정한 자유를 얻을 수 있다고 하는데요.
그것은 곧 욕심을 버리고
겸손해지라는 뜻이 아닐까요.

록펠러에게 인재가 많았던 이유

근무를 하다 보면 열심히 했는데도
회사에 손해를 입힐 때가 있지요.
그럴 때 회사 대표는 실패에 대한 책임으로 보통 불호령을 내립니다.
이것이 오히려 회사에 손해를 입힌다고 해요.
그래서 록펠러는 회사를 경영하는 원칙으로
직원들이 회사를 위해 얼마나 노력했는지를
수첩에 적어 놓았다고 합니다.
그래서 어떤 직원이 일을 잘못해서 회사에 피해를 주었을 때
그가 회사를 위해 성공시킨 일들을 찾아보며
오히려 격려를 해 주었다고 해요.
열 가지를 잘했어도 한 가지를 잘못하면
문책을 하는 것이 우리 사회인데요.
록펠러는 잘한 것을 기억하며 그 사람의 능력을 평가했지요.
록펠러의 이런 경영이 직원들을 유능하게 만들었고
유능한 직원들 덕분에 록펠러는
세계적인 부를 얻을 수 있었던 것입니다.
우리는 잘한 일은 잊어버리고 못한 일을 문제삼으며
기회를 빼앗기 때문에 실력을 발휘하지 못하는 것이 아닐까 싶어요.
더 잘할 수 있도록 격려해 주는 사회 분위기가 됐으면 합니다.

과거라는 벽

우리 마음속에는 아주 두꺼운 벽이 형성돼 있다고 해요.
바로 과거라는 벽인데요.
이 과거의 틀을 깨지 못하면 새로운 것이 들어갈 수가 없죠
오늘은 새로워야 하는데
오늘도 여전히 과거 속에 있기 때문에 새로워질 수 없습니다.
과감하게 과거에서 벗어나야 마음이 가벼워지구요.
그래야 새로운 마음으로 창의적인 일을 할 수 있어요.
우리에게 어떤 과거의 벽이 있는지 살펴보세요.

선택의 과학

삶이란 선택의 연속인데 그 선택을 어떻게 해야
행복해질 수 있는지를 가르쳐 주는 강의가 있습니다.
네 살 난 아이에게 접시 위에 있는 맛있는 과자를 먹지 않고
기다리면 과자 하나를 더 주겠다는 약속을 하고
몇 분 동안을 혼자 있게 했을 때
어떻게 행동하는지를 알아보는 실험을 했는데요.
65%의 아이들은 참지 못하고 그 과자를 먹어 버렸죠.
과자를 먹지 않고 기다렸던 35%의 아이들은 성인이 된 후에도
범법 행위를 하지 않는 이성적인 사람이 되었다고 합니다.
이렇듯 선택의 순간이 왔을 때 어떻게 할 것인지를
과학을 바탕으로 강의하는 사람은 콜롬비아대학 시나 교수인데요.
시나 교수는 인도 출신 시각장애인으로
스탠퍼드대학에서 사회심리학으로 박사학위를 받은 재원이에요.
시나 교수는 선택의 과학이란 강의를 20여 년간 하고 있는데요.
아주 선풍적인 인기를 얻고 있다고 하네요.
선택의 과학을 배운다면 좀 더 현명한 선택을 할 수 있겠죠.

인생의 지도

우리 인생의 지도가 있으면 참 편할 것 같단 생각이 들지요.
그 지도를 우리가 지금 만들고 있는데요.
인생의 지도는 시행착오를 겪어야 완성이 된다고 해요.
직접 겪으면서 깨닫지 않으면
인생의 지도에 오류가 많이 생긴다고 합니다.
지금 겪은 시행착오를 소중히 여기면
훌륭한 인생의 지도를 만들 수 있을 거예요.

생각하는 것을 그린다

피카소가 이런 말을 했습니다.
"나는 보이는 것을 그린 것이 아니라
생각하는 것을 그립니다."
왜 피카소가 세계적인 화가가 됐는지 알 수 있는 대목인데요.
고정관념을 버리면 무한한 세계가 펼쳐진다는 것을
알 수 있습니다.

바이올린 장인이 된 까닭

이탈리아의 한 작은 마을에 소년이 살고 있었는데요.
그 소년의 꿈은 합창단에 들어가는 것이었어요.
하지만 목소리가 좋지 않다고 번번이 불합격을 했죠.
소년은 노래를 부를 수 없다면 연주를 해야겠다 생각하고
바이올린을 배우게 됐는데요.
그가 연주를 하면 사람들이 귀를 막을 정도로
연주 솜씨가 형편이 없었어요.
음악에 대한 열정이 뜨거웠지만
재능이 없는 자신에게 소년은 실망했죠.
하지만 그는 포기하지 않고 바이올린을 만들기로 결심합니다.
그가 바로 이탈리아 현악기의 장인 안토니오 스트라디바리입니다.
안토니오 스트라디바리는 400년 바이올린 제작 역사상 최고의
바이올린을 만든 장인으로 이름을 날리고 있는데요.
만약 그가 합창단에 불합격하고 바이올린 연주에 재능이 없다고
음악과 멀리했다면 결코 이룰 수 없는 업적이죠.
좌절할 일이 생기더라두 결코 포기하지 않는다면
큰 성공을 이뤄 낼 수 있을 거예요.
이런 포기하지 않는 끝없는 도전이 필요하지 않을까 합니다.

지금의 생활을 즐기자

지금의 생활을 즐기는 것이
가장 행복해질 수 있는 방법이라고 합니다.
하지만 사람들은 지금의 생활에
잔뜩 불만을 품고 있기 때문에
행복과 점점 멀어지는 거죠.
조금 부족해 보일지라도
지금의 생활에 만족하고 즐겁게 일을 하다 보면
부족한 부분이 조금씩 채워져 나갈 수 있을 거예요.

걱정은 흔들의자와 같다

"걱정은 흔들의자와 같다."는 말이 있습니다.
계속 흔들리지만 항상 제자리에 머물러 있기 때문이죠.
이 말은 걱정을 한다고 일이 해결되지 않는다는 뜻이 아닐까 해요.
쓸데 없는 걱정으로 마음만 축내시지 말구요.
어떻게 해야 앞으로 나갈 수 있을지를 고민하시는 것이
훨씬 현명한 방법입니다.

행복해지려면

행복해지려면 자기가 좋아하는 일이
무엇인지를 찾아야 한다고 해요.
좋아하면 열정을 바쳐 최선을 다하기 때문에
그 일에 성공을 거둘 수 있다는 거죠.
그래서 행복해지려면 자기가 진정으로 하고 싶은 일이
무엇인지를 알아야 한다는 것
꼭 기억하시기 바랍니다.

성공의 비결은 인간관계

많은 사람들이 성공을 꿈꾸고 있죠.
미국 카네기 공대에서 성공한 졸업생들을 대상으로
성공의 비결을 알아보는 조사를 실시했었는데요.
성공하는데 영향을 준 것은 전문 지식이 15%이고
나머지 85%는 인간관계인 것으로 나타났습니다.
그들은 남들이 보기에는 하찮다고 생각할 작은 일도
소홀히 하지 않고 잘 챙긴다고 해요.
사람들에게 칭찬을 하며 희망을 주는 일을
게을리하지 않았다고 합니다.
그리고 가끔은 글로 자신의 마음을 전했다고 하네요.
말보다는 글이 마음을 전하는데는 더 효과적이거든요.
또 상대방이 어려움에 처했을 때
방문하는 것을 잊지 않았다고 합니다.
직접 찾아가서 손을 잡아 주며 위로를 해 주었죠.
이렇게 사람에 대한 세심한 배려를 하며
좋은 관계를 맺은 것이 큰 인물로 만들어 주었다고 해요.
전문적인 지식은 공부를 하면 얻게 되지만요.
이런 좋은 인간관계는 하루아침에 얻을 수 있는 것이 아니죠.
큰 인물이 되기 위해서는 주위 사람들을 배려하는
따뜻한 마음을 갖는 것이 무엇보다 필요하다 생각이 듭니다.

기다리는 방법을 알면

사람들은 이런저런 성공의 비결에 대해 말하는데요.
정말 중요한 성공의 비결은
어떻게 기다리느냐를 아는 것이라고 합니다.
우리에게 가장 부족한 것이 인내라는 것을 알 수 있죠.
힘들다고 포기하면 그것이 곧 실패가 된다는 거예요.
고통스러워도 참고 기다리면
어느덧 원하는 결과를 얻게 되는데
그것이 곧 성공을 뜻합니다.
성공의 비결은 기다림이라는 것 꼭 기억해 두세요.

포도주를 쏟은 두 소년

말 한마디가 한 사람의 인생을 바꾸어 놓기도 하죠.
시골의 한 작은 성당에서 심부름을 하던 소년이
어느 날 성찬례에 사용할 포도주를 바닥에 쏟고 말았어요.
화가 난 신부님이 그 소년에게 나가라고 소리를 질렀지요.
그런데 똑같은 일이 다른 성당에서도 일어났는데요.
그 성당 신부님은 이렇게 말씀하셨어요.
"괜찮다. 나도 어릴 때 실수를 많이 했단다. 너도 신부가 되겠구나."
하며 소년을 다독거려 주었어요.
몇 십 년의 세월이 흐른 후
성당에서 포도주를 쏟은 두 소년은 어떻게 됐을까요?
성당에서 쫓겨난 소년은 유고슬라비아 대통령이 되었지요.
바로 조셉 브로즈 티도 대통령인데요.
그는 공산주의 국가 유고슬라비아의 독재자로 군림을 했죠.
그리고 포도주를 쏟고도 따뜻한 위로를 받은 소년은 성장해서
정말 신부님이 됐고, 천주교 대주교에 오른 풀턴 쉰 주교입니다.
어린 시절 들은 말 한마디가
성장에 얼마나 큰 영향을 미쳤는지 알 수 있는데요.
우리가 말을 할 때 정말 신중해야 한다는 생각이 듭니다.

꿈이 크면 문제도 크다

위대한 꿈을 가진 사람은
큰 문제와 싸워야 한다고 합니다.
꿈은 결코 편안하게 이뤄지는 것이 아니라는 것을
잘 말해 주고 있지요.
문제가 크다면
그만큼 결과도 클 텐데요.
자신이 갖고 있는 문제를 두려워할 것이 아니라
하나씩 해결해 나가려는 노력이 필요하지 않을까요.

인적 자원은 큰 능력

사회생활을 하다 보면 어려운 일에 부딪힐 때가 많습니다.
그 어려움을 해결해 주는 것은 다름 아닌 사람이지요.
그래서 폭넓은 인간관계를 갖고 있으면
도움을 받을 수가 있습니다.
인간관계를 넓히는 방법은 다양한 사람들을 만나는 것이라고 해요.
그 사람들을 통해 자기가 경험하지 못한 세계를 알게 되고
또 자기가 갖고 있지 않은 능력을 빌려 올 수도 있습니다.
좋은 사람을 많이 알고 있는 것은 큰 능력입니다.

선을 행할 때 행복하다

사람은 선을 행할 때 행복을 느끼고
자기로 인해 다른 사람이 행복을 느낄 때 가장 행복하다고 합니다.
「덕의 기술」이란 저서를 펴낸 벤저민 프랭클린의 철학이에요.
그는 피뢰침을 발명한 사람으로 유명하지요.
그 밖에도 많은 발명을 했지만
특허를 단 한 번도 출원하지 않았다고 해요.
왜냐하면 벤저민 프랭클린의 목적은 돈을 버는 것이 아니라
자신의 발명으로 보다 많은 사람들이 행복해지는 것이었거든요.
그는 생전에 한 일이 정말 많아요.
발명가로서 뿐만이 아니라 사업가로, 정치지도자로,
위대한 사상가로 다양한 활동을 했지만요.
그의 묘비에는 인쇄업자 벤저민 프랭클린으로만 새겨져 있죠.
왜냐하면 그는 자신을 내세우기 위해
다양한 활동을 한 것이 아니었기 때문입니다.
벤저민 프랭클린이 이토록 겸손했던 것은 바로 자신이 아닌
다른 사람의 행복을 위해 살았기 때문이 아닌가 해요.
다른 사람의 행복을 통해 행복을 느꼈던
벤저민 프랭클린이야말로 행복한 사람이 아니었나 싶습니다.

힘들다고 생각될 땐

힘들다고 생각될 땐 움츠리지 말고
훌훌 털고 일어나서 주위를 둘러보는 것이 좋다고 해요.
그러면 지금의 고통이 나 혼자만이 겪는
아픔은 아닌 것을 알게 되지요.
그런데 더 자세히 살펴보면 나보다 더한 고통 속에 있는 사람들도
그것을 이겨 내려고 노력하고 있는 것을 보게 됩니다.
그래서 주위를 둘러보면 나 자신도 이겨 낼 수 있다는
자신감이 생기실 거예요.

유쾌한 생각은 햇살과 같다

햇살이 좋은 날
우리 기분도 밝아지는데요.
유쾌한 생각은 햇살과 같다고 해요.
유쾌한 생각을 하면 기분이 밝아지잖아요.
그런데 햇살이 주위를 밝혀 주듯이
유쾌한 기분도 자기는 물론이고
주변 사람들까지 기분 좋게 만들어 줍니다.
기분을 밝게 갖는 것이 필요하겠지요.

가짜와 진짜 사이

재미있는 얘기 하나 해 드릴까요?
헐리우드 코미디 영화의 전설인 찰리 채플린이 어느 날
지방에 다녀오는데 이런 플래카드가 걸려 있는 걸 봤어요.
'찰리 채플린 닮은꼴대회'가 열린다는 것을 알리는 거였죠.
채플린은 장난기가 생겨서 자신의 신분을 숨기고
그 대회에 출전을 합니다.
그런데 채플린이 그 대회에서 몇 등을 했는지 아세요?
3등을 했다고 해요.
채플린 자신이 출전을 했는데도
'찰리 채플린 닮은꼴대회'에서 1등을 하지 못한 이유가 뭘까요?
이 일화는 우리한테 많은 생각을 하게 해 주죠.
가짜가 정말 진짜처럼 느껴지고
진짜가 인정을 받지 못하고 있는 것이 현실이란 생각이 드는데요.
사람을 정확히 판단할 수 있는
진실의 눈이 필요하지 않을까 싶습니다.

성공하는 습관

자신의 삶은 자신이 만들어 가는 것이라고 합니다.
자신의 작은 습관들이 모여 자기 인생의 궤적을 형성하는 거죠.
어떤 습관을 갖고 있느냐에 따라
성공과 실패가 결정나는 건데요.
성공을 하려면
항상 긍정적인 눈으로 세상을 보는 습관
남에게 뭔가 주는 것을 기뻐하는 습관
그리고 문제만 제시하지 말고
대안도 제시할 줄 아는 습관을 가져야 한다고 해요.

기적은 있다

기적을 만드는 것은 절대적인 존재가 아니라
따뜻한 사랑을 가진 사람이 아닌가 해요.
여덟 살 된 테스라는 아이가 근심에 쌓여
대화를 나누는 부모님의 얘기를 듣게 돼죠.
테스 동생이 무척 아파서 수술을 해야 하는데
너무 가난해서 수술비를 마련할 수 없었거든요.
기적이 아니면 살릴 수 없다는 아빠의 말을 듣고 테스는
저금통을 쏟아 1달러 11센트를 갖고 약국으로 달려갔어요.
그 돈으로 기적을 사기 위해서였죠.
이런 테스의 행동을 지켜본 손님이 자초지종을 물어보곤
테스의 집으로 가서 테스 동생을 자신의 병원으로 데리고 갑니다.
그리고 수술을 시켜 줍니다.
수술 후 테스 동생은 건강을 되찾았어요.
정말 기적이 일어난 거죠.
이 기적을 만들어 준 사람은 세계적인 명성을 얻고 있는
신경전문의 칼톤 암스트롱이예요.
여덟 살 아이의 순수함이 암스트롱의 마음을 움직였던 거죠.
이렇게 기적은 감동으로 시작되지 않나 싶어요.

카프카의 편지

사랑하는 여자를 향해
500여 통의 편지를 썼던 프란츠 카프카는
편지글로 자신의 문학 세계를 펼쳐보인 작가로 유명하죠.
카프카의 편지로 기억하고 있을 정도니까요.
카프카가 이렇게 편지를 열심히 썼던 것은
너무나 병약했기 때문이었어요.
몸이 안 움직여지니까
글로 마음을 전했던 것이지요.
카프카처럼 글로 마음을 전해 보세요.

운명을 바꾸는 칭찬

칭찬 한마디로 운명이 바뀐 소년이 있어요.
폴란드의 한 소년이 피아노를 배우고 있었는데요.
피아노 선생님이 그에게 말했어요.
"손가락이 너무 짧고 굵어서 피아노를 치기에는 적당하지 않다."
그 말에 소년은 피아노 공부를 멈추고 피아니스트 꿈을 접게 되지요.
그러던 어느 날 부모님과 함께 만찬회에 갔는데
심심해서 만찬회장을 돌아다니다가 피아노를 발견했어요.
소년은 자기도 모르게 피아노를 연주했지요.
그때 한 노신사가 다가와 소년에게
피아노 연주를 참 잘 한다고 칭찬을 해 주었어요.
그 말에 소년은 피아노에 대한 열정을 갖고
다시 피아노 공부를 시작하죠.
소년은 짧은 손가락의 단점을 보완하기 위해 연습을 거듭했어요.
이렇게 해서 드디어 소년은 피아니스트가 됩니다.
그 소년이 바로 세계적인 피아니스트 잔 파데레우스키예요.
칭찬이 아니었으면 파데레우스키는
피아니스트가 되지 못했을 텐데요.
칭찬이 얼마나 큰 힘을 갖고 있는지 알 수 있죠.

어디로 갈 것인가

지금 우리가 어디에 있는가는 그다지 중요하지 않다고 해요.
우리에게 정말 중요한 것은 앞으로 어디로 가느냐는 목표이죠.
현재 상황이 전부라고 생각하고
좌절하는 것은 어리석은 일입니다.
현재는 잠시 거쳐 지나가는 길목에 불과하니까요.
우리가 가고 있는 방향이 확실하다면
내가 있을 곳은 바로 그 목표 지점입니다.
그러니까 어디로 갈 것인지를 정하는 것이 가장 중요합니다.

친절의 힘

친절은 어려운 문제를 해결해 주는
힘을 갖고 있다고 해요.
어떤 문제가 생겼을 때
상대방에게 화를 내는 것은
문제 해결에 도움이 되지 않죠.
친절한 자세로 상대방을 배려하면서
해결 방법을 찾는 것이 현명하다고 합니다.
어려울 때일수록 친절하라는 말이겠죠.

같은 일

세계적인 문호 셰익스피어가 식사를 하기 위해
식당에 갔을 때의 일입니다.
셰익스피어가 식당 안으로 들어서자
손님들이 모두 자리에서 일어나서 경의를 표했어요.
그 모습을 보던 한 청년이 청소를 하던 빗자루를 집어던졌죠.
셰익스피어가 청년에게 다가가 그 이유를 물었어요.
그러자 청년은 한숨을 쉬며 말했어요.
"선생님은 이렇게 존경을 받는데 저는 겨우
사람들이 더럽혀 놓은 신발자국만 지우고 있으니 너무 한심합니다."
그 말에 셰익스피어는 이렇게 말해 주었어요.
"당신이나 나나 같은 일을 하고 있습니다.
당신은 빗자루로 나는 펜으로 세상의 한 부분을
아름답게 만들고 있으니까요."
그렇습니다. 세상에 불필요한 일은 아무것도 없어요.
모든 일이 소중하죠.
자신의 일이 소중하다는 것을 깨닫는 것이
세상을 아름답게 만드는 방법이 아닌가 합니다.

자기편 만들기

사회생활을 하다 보면 자기와 경쟁 관계에 있는
사람이 꼭 있게 마련이죠.
그 사람을 이기려고 하다 보면
적대적인 관계가 되곤 하는데
그 사람을 이기는 가장 좋은 방법은
그 사람과 친구가 되는 거라고 해요.
우리는 자기 편을 만들지 못하고
모든 사람과 경쟁을 하기 때문에
늘 소모적인 싸움만 하게 됩니다.
경쟁자를 자기편으로 만들면
정말 위대한 승리를 이끌어 낼 수 있을 거예요.

큰 뜻으로 도전하면 성공한다

영국에서 수상을 세 번이나 하는 것은 매우 힘든 일인데요.

스탠드 볼드윈이 바로 그 어려운 일을 해낸 영국수상이예요.

그는 사업가로 성공해서 명성을 날리고 있었어요.

그런 스탠드가 정계에 입문한다는 소식을 듣고 친구들이 만류를 했죠. 지금도 성공한 건데 정치에서 실패하면 그 명성을 잃게 될 것이라고 말예요. 그리고 정치에 입문하기에는 나이가 너무 많다고 충고해 주었지요.

그 얘기를 끝까지 듣고 있던 스탠드는 이렇게 대답했어요.

"정치에 입문하는 것은 개인의 이익을 위해서가 아니라 경제 위기에 빠진 나라를 구하기 위해서라네. 그리고 나이 때문에 포기하는 것은 비겁한 일이고."

스탠드는 이런 확신을 갖고 도전을 했기 때문인지
정말 정치인으로서 탁월한 능력을 보이며
영국 국민을 경제 위기로부터 구해 냈습니다.
개인의 이익이 아닌 좀 더 큰 뜻을 품은 도전이라면
그 어떤 어려움도 이겨 낼 수 있다는 생각이 듭니다.

* 스탠드 볼드윈(1867~1947)은 영국 수상이 되었을 때의 나이가 56세였다. 그 당시는 평균 수명이 낮아서 50이 넘으면 노년기로 생각하였다.

미완성의 미학

완벽한 것보다는 조금 부족해 보일 때 더 마음이 쏠리게 되지요.
미완성인 채 남겨져서 많은 화제를 모으고 있는
레오나르도 다빈치의 〈모나리자〉는
신비스러움으로 불후의 명작이 되었는데요.
작가가 〈모나리자〉를 완성하지 못한 이유는
다빈치의 오른쪽 팔에 마비 증상이 나타났기 때문이라는
새로운 주장이 나왔죠.
〈모나리자〉를 완성하지 못해 작가는 안타까웠겠지만
미완성이 됐기 때문에
더 많은 사랑을 받을 수 있었을지도 모르겠어요.

벽 허물기

벽을 허물기 위해서는
크고 단단한 망치가 필요하죠.
편견이라는 벽에는 관용이라는 망치가
두려움이라는 벽에는 용기라는 망치
그리고 이기심이라는 벽에는 배려라는 망치를
준비해야 한다고 합니다.
우리 앞을 가로막고 있는 벽을
하나씩 허물어 가야겠습니다.

실패에 대한 책임

링컨 대통령에 관한 이런 일화가 있어요.
남북전쟁의 운명이 달려 있는 게티즈버그 전투의 총사령관인 미드 장군에게 링컨 대통령이 친서를 보냈어요.
작전에 실패하면 대통령의 명령이었다고 말하라고 말입니다.
실패에 대한 책임을 지겠다는 뜻이지요.
그리고 이런 말도 있었다고 해요.
작전에 성공한다면 그것은 미드 장군의 공로라고 말입니다.
이 친서를 받고 미드 장군은 큰 용기를 얻을 수 있었다고 해요.
정말 멋진 모습이죠.

우리가 줄 수 있는 것

우리는 준다고 하면 물질을 생각하지만요.

조언이나 충고도 주는 것이구요.

감사함, 관심, 칭찬

이런 모든 것들도 주는 것입니다.

그리고 무엇보다도 크게 주는 것은 사랑이지요.

우리는 정말 줄 수 있는 것이 많은데요.

너무 아끼고 있는 것이 아닌가 싶네요.

준비된 자에게만 행운이 찾아온다

수많은 사람들이 사과나무에서 사과가 떨어지는 것을 보았죠.
하지만 그것을 보고 만유인력의 법칙을 생각해 낸 사람은
뉴턴 한 명뿐이었습니다.
수많은 사람들이 곰팡이를 보았지만요.
그 곰팡이에서 페니실린을 발견한 사람은 플레밍이었습니다.
관심이 있는 사람은 남들이 필요 없다고 버린
쓰레기에서도 보석을 만들어 낼 수 있죠.
남들이 할 수 없는 큰 일을 해낸 사람들은
그 일에 몰두해 있었다는 것을 알 수 있습니다.
관심도 없고 노력도 하지 않으면서 행운이 찾아와서
놀라운 결과가 생기기를 기대하는 사람들이 있는데요.
노력하지 않고 있으면 행운이 와도
그것이 행운인 줄 모르기 때문에 놓치고 말죠.
그래서 프랑스 미생물학자 파스퇴르가 이런 말을 했어요.
행운은 누릴 수 있는 준비가 돼 있는 사람에게
주어지는 것이라고 말예요.
행운을 만드는 것은 관심과 노력이라는 것을 기억했으면 합니다.

최선을 다하면 결과는

독일의 유명한 화가 아놀드 베크린에게는
많은 제자들이 있었는데요.
하루는 젊은 제자가 자신은 그림을 2, 3일이면 그릴 수 있는데
작품이 팔리는 데는 2, 3년이 걸린다고 푸념을 했지요.
그 말에 아놀드는 그림을 2, 3년 걸려 그려야
2, 3일 안에 팔릴 수 있다고 조언해 줬습니다.
정성을 기울여서 최선을 다하면 결과는
걱정할 필요가 없다는 뜻인데요.
우리는 자신의 일에 정성을 기울이고 있나
생각해 볼 일입니다.

생각은 행동으로 그리고 습관으로

"생각을 수확해서 행동의 씨를 뿌리고
행동을 수확해서 습관의 씨를 뿌리고
습관을 수확해서 인생의 씨를 뿌리라."는 말이 있습니다.
생각은 행동으로
행동은 습관으로
그리고 습관은 인생을 만들어 간다는 사실을 알 수 있는데요.
그렇다면 좋은 생각부터 가져야겠지요.

결핍의 힘

결핍은 성장의 원동력이 된다고 합니다.
일본 내쇼날 그룹의 창업자인 마츠시타 코노스케 회장은
94세에 세상을 떠났는데요.
그가 운영했던 기업은 570개이고 종업원은 13만 명이 넘는
대기업 총수로 일본에서는 신화적인 존재이죠.
사람들이 그에게 성공의 비결을 물으면 세 가지를 들었다고 해요.
첫째 가난한 것, 둘째 허약한 것, 셋째 못 배운 것 이렇게 말예요.
아버지의 파산으로 초등학교 4학년 때 학교를 그만두고
점원으로 일을 해야 했는데요.
몸이 약해서 늘 힘들어했다고 해요.
하지만 마츠시타 회장은 이런 불우한 환경이
자신을 일으켜 세우는 힘이 됐다고 말합니다.
가난했기 때문에 열심히 일했고
배우지 못했기 때문에 겸손했고
몸이 약했기 때문에 건강의 소중함을 알아
장수를 누릴 수 있었다고 했죠.
부족한 것을 한탄할 것이 아니라 그것을 채우기 위해 노력하면
더 큰 성공을 일구어 낼 수 있다는 것을 알 수 있습니다.

생각의 뿌리

생각의 뿌리가 깊은 사람이
오래오래 행복할 수 있다고 해요.
잠시 성공했다가 곧 무너지는 사람은
생각의 뿌리가 약하기 때문에
진정한 행복을 찾지 못한 것이지요.
그 무엇에도 흔들리지 않을 만큼
생각의 뿌리가 튼튼해야
행복을 유지시킬 수 있다고 합니다.
여러분의 생각의 뿌리는 어떤지 점검해 보세요.

마음의 문 열기

마음의 문을 여는 손잡이는
마음의 안쪽에만 달려 있다고 합니다.
이 말은 마음의 문은 스스로 열어야지
다른 사람이 열어 줄 수 없다는 뜻이죠.
마음의 문을 열면 세상이 넓어지고 너그러워진다고 하는데요.
세상이 좁다고 탓할 것이 아니라
세상이 야박하다고 야속해할 것이 아니라
마음의 문을 먼저 열어 놓는 것이 필요하지 않을까 합니다.

승자와 패자의 문법

승리한 사람이 즐겨 쓰는 말은
"다시 한 번 해 보자."이구요.
패배한 사람이 즐겨 쓰는 말은
"해 봐야 소용 없다."라는 거래요.
실패를 했어도 다시 한 번 해 본다는 마음으로
도전을 했기 때문에 성공을 할 수 있었던 거지요.
반대로 해 봐야 소용 없다고 생각하고
포기를 했기 때문에 실패한 상태로 머무르는 건데요.
어떤 생각을 갖느냐에 따라
승자가 될 수도 있고 패자가 될 수도 있습니다.

사람을 평가하는 잣대

우리는 사람에 대한 평가를 하기 좋아하는데요.
중국 이극이란 사람은 인물을 평가할 때
두 가지를 중요하게 봤다고 해요.
첫째, 주변에 어떤 사람이 있는가 하는 것이고
둘째, 남에게 얼마나 베풀었는가를 봤다고 하네요.
주변에 좋은 사람들이 많으면 그 사람들의 도움을 받아서
능력 이상의 일을 해낼 수 있기 때문이라고 해요.
또 훌륭한 사람들 속에 있으면 선의의 경쟁을 하며
발전을 하기 때문에 그 사람의 미래를 볼 수 있다고 합니다.
그리고 남에게 잘 베푸는 사람은
물질의 노예가 되지 않기 때문에 청렴하다는 거예요.
물질에 욕심이 많은 사람들은
양심을 버릴 수 있는 사람이어서 위험하다는 겁니다.
설명을 듣고 나니까 정말 사람을 판단할 때는
이 두 가지를 중요하게 봐야 할 것 같다는 생각이 듭니다.
우리는 외모나 집안 환경 같은
눈에 보이는 것으로 사람을 판단하는데요.
그것이 얼마나 어리석은 판단인지 알 수 있을 듯합니다.

둘째손가락의 예민함

무심코 하는 행동인데 알고 보면 무척 과학적일 때가 있어요.
시각장애인 여러분이 점자를 읽을 때
둘째 집게손가락으로 점자를 만지면서 인식을 하는데요.
그 이유는 둘째손가락이 위치상 편해서가 아니라
집게손가락이 가장 예민하기 때문이라고 해요.
0.5mm까지 느낄 수가 있다고 하거든요.
여러분들도 예민한 것을 느끼고 싶을 때는 눈을 감고
둘째손가락을 이용해 보세요.
그러면 아주 정확하게 알아낼 수 있을 거예요.

노벨의 결정

세계에서 가장 최고인 사람들이 받는 상이 노벨상이죠.
그런데 노벨상이 제정된 데에 이런 사연이 있습니다.
알프레드 노벨은 다이나마이트를 발명해
어마어마한 돈을 벌었어요.
사람들은 그 앞에서 칭찬을 일삼았죠.
그런데 어느 날 아침 신문을 보는데 이런 기사가 눈에 들어왔어요.
'죽음의 상인, 노벨 사망하다!'
노벨의 동생 루드비그 노벨이 사망한 것인데
신문사에서 알프레드 노벨로 착각을 했던 거예요.
노벨은 그 기사에 큰 충격을 받았죠.
자신이 사람들을 죽이는 장사꾼으로
비춰지고 있다는 사실을 알았으니까요.
그래서 노벨은 전 재산을 기부합니다.
그 돈으로 전 세계적으로 각 분야에서
가장 큰 공헌을 한 사람들에게 상을 주도록 했습니다.
만약 이런 해프닝이 벌어지지 않았다면
노벨은 재산을 기부하지 않았을지도 모릅니다.
자신이 사람들에게 어떤 평가를 받고 있는지
한번 생각해 볼 일입니다.

가난한 소년이 대통령 된 것은 교육

가난한 소년이 미국의 대통령이 된 이야기를 해 드릴게요.
제임스 가필드 대통령은 아주 가난한 농민의 집안에서 태어났죠.
학교에 입학했는데 책을 살 형편이 못 돼서
남의 책을 빌려서 공부를 했다고 해요.
가필드 엄마는 아들에게 늘 미안해했다고 합니다.
가필드는 대통령이 되어 취임식을 하던 날
어머니와 함께 취임식장에 들어왔어요.
그리고 어머니를 대통령 자리에 앉혔죠.
가필드 대통령은 이렇게 말했습니다.
"자신을 대통령으로 만든 것은 어머니!"라고 말예요.
가난 속에서도 자신을 학교에 보냈기 때문에 공부를 할 수 있었고,
공부를 하면서 세상을 바르게 볼 수 있었다고 그 이유를 설명했죠.
가난하다고 학교에 보내지 않았으면
자신은 농부가 됐을 것이라고 말해서
가필드는 미국의 교육열을 높인 대통령으로 평가를 받고 있는데요.
훌륭한 어머니 한 분이 미국을
강한 나라로 만들었다는 생각이 듭니다.

세 가지 이름

사람은 누구나 세 가지 이름을 갖게 된다고 합니다.
태어나면서 부모님이 지어 준 이름과
성장해서 친구들이 붙여 준 별명이 있기 마련이죠.
그리고 생을 마감하면서 얻어지는
명성이 바로 그 세 가지 이름인데요.
명성은 자신이 만드는 이름이죠.
어떤 명성을 얻느냐는 자기 자신에게 달려 있습니다.
이 세 가지 이름이 자기 자신을 가장 잘 표현할 텐데요.
좋은 이름을 갖도록 노력해야겠지요.

천재가 되려면

"천재는 그 자신의 한계를 알고 있다."고
아인슈타인이 말을 했는데요.
한계를 인정하면 그 한계를 뛰어넘을 수 있기 때문에
남다른 능력을 발휘할 수 있다는 거예요.
천재가 되고 싶으면 한계를 인정해야겠지요.

이상한 은행이 가난을 구하다

그라민은행은 원금 회수율이 97%에 이르는
아주 성공적인 은행으로 손꼽히고 있는데요.
그라민은행에서 돈을 빌릴 수 있는 요건은 가난이라고 해요.
조금의 여유라도 있으면 돈을 빌려주지 않는다고 하거든요.
모든 은행들이 원금이 회수되지 못할까 봐 담보를 받지만
담보가 있다는 것은 여유가 있다는 뜻이어서
그라민은행에서는 담보도 없는 사람에게만 돈을 빌려주었어요.
방글라데시는 가난해서 피폐한 삶을 살아가고 있는
사람들이 많았지만 그들에게 돈을 빌려주는 곳이 없었어요.
유복한 가정에서 태어난 무하마드 우뉴스는
방글라데시의 가난을 구제하기 위해 대학 교수직을 버리고
세계 빈곤퇴치 운동가로서의 삶을 선택하지요.
우뉴스는 담보 없이 돈을 빌려주는 그라민은행을 설립해서
방글라데시의 가난한 사람들이 재기할 수 있도록 도왔습니다.
이런 공로로 우뉴스는 2006년 노벨 평화상을 받았어요.
한 사람의 따뜻한 마음이 방글라데시 국민은 물론
전 세계의 빈곤을 퇴치하는 데 큰 역할을 했는데요.
은행이 파산하는 것은 가난한 사람 때문이 아니라
부자들의 지나친 욕심 때문이 아닌가 싶네요.

yes라고 말한다

소아마비 대통령 루스벨트가 이런 말을 했다고 합니다.
누군가 어떤 일을 해낼 수 있느냐고 물어 올 때마다
"나는 그 일을 확실하게 해낼 수 있습니다."라고 대답하라고 말예요.
부딪쳐 최선을 다하다 보면 어떻게 해야 하는지
요령이 생기기 때문에 정말 잘할 수 있게 된다고 해요.
한마디로 긍정적인 생각을 하라는 것이지요.

빛과 그림자의 마술사

건축 디자인계에서 루이스 칸은 전설적인 인물이죠.
칸은 빛과 그림자의 마술사로 불리는
독특한 건축양식을 보여 주고 있는데요.
칸은 안면 장애를 갖고 있었다고 해요.
칸은 어린 시절 너무 가난해서 목탄으로 그린 그림을 팔아
생활을 하던 중 사고로 얼굴에 화상을 입게 되죠.
얼굴의 절반 이상에 흉터가 있고
성홍열에 걸려 목소리에도 이상이 생겼다고 해요.
이런 장애 때문에 그는 사람들과
잘 어울리지 못하고 혼자서 건축 미학에 빠졌어요.
칸은 미국 펜실베니아대학에서 건축을 전공한 후
건축가로서 활동을 하게 되는데요.
'빛과 그림자'라는 주제의 건축 디자인이
그를 위대한 건축가로 만들었어요.
'빛과 그림자'는 그가 장애 때문에 겪어야 했던
절망과 그것을 뛰어넘었을 때의 희망을 표현하고 있다고 합니다.
루이스 칸을 전설적인 인물로 만든 것은
다름 아닌 장애라는 것을 알 수 있는데요.
장애는 무능이 아니라 더 위대한 능력이 될 수도 있습니다.

간절히 원하면

심리학에 피그말리온 효과라는 것이 있는데요.
이것은 간절히 원하면 그 꿈이 이뤄진다는 겁니다.
그리스 신화에 피그말리온이란 조각가가 있는데
자신이 만든 여인 조각상을 사랑하게 되지요.
그래서 간절히 사람이 되기를 원했더니요.
조각상에서 체온이 느껴지고 심장이 뛰었다고 합니다.
여러분들도 소망을 간절히 기원해 보세요.
그러면 반드시 그 꿈이 이뤄질 겁니다.

희망에 올인하자

좋아진다는 희망을 가질 때
그 희망은 반드시 이루어진다고 합니다.
그런데 우리는 좋아졌으면 하는 바람만 갖고 있을 뿐
희망을 실현하려는 열정이 약하다고 해요.
희망도 열렬히 가져야
에너지가 생겨서 힘을 발휘하게 된다고 하니까요.
희망에 전력투구해 보세요.

에디슨의 장애가 집중력을 높이다

발명왕 토머스 에디슨 전기를 보면
열두 살에 철도에서 신문이나 과자를 파는 일을 했는데 이때
기차 직원에게 뺨을 맞아 청각장애를 갖게 됐다고 기록돼 있죠.
하지만 전기학자들은 에디슨의 청각장애는
어린 시절 앓았던 성홍열의 후유증으로 생긴 것으로 보고 있어요.
에디슨은 집안이 가난해서 어렸을 때부터 일을 해야 했지만요.
그보다는 학교생활에 적응을 하지 못했던 것이
일찍부터 일을 하게 만들었어요.
에디슨은 초등학교에 입학하고 3개월 만에 퇴학을 당했거든요.
어머니는 그런 아들의 교육을 위해
끊임없이 다양한 책을 읽어 주었다고 합니다.
그것이 어린 에디슨의 머릿속에
상상력과 창의력을 키워 주는 역할을 했던 거죠.
에디슨은 호기심과 함께 집중력이 강했는데요.
그 집중력은 주변의 소리를 듣지 못하는
청각장애 때문에 생긴 것이 아닌가 싶습니다.

용서는 선물이다

가장 큰 실수는 포기해 버리는 것이구요.
가장 어리석은 일은 남의 결점만 찾아내는 것이라고 합니다.
또 가장 나쁜 감정은 질투고,
가장 좋은 선물은 용서라고 하는데요.
우리는 포기하는 큰 실수를 하고 있지 않은지
남의 결점을 찾아내는 어리석은 행동은 하고 있지는 않은지
생각해 볼 일입니다.
그리고 나쁜 감정은 버리고
용서라는 선물을 줄 수 있도록 노력해야겠지요.

바다가 되자

“사람은 바다처럼 말은 하지만
자신의 삶은 늪처럼 정체돼 있다.”
이것은 종교가 칼릴 지브란이 한 말인데요.
지금 내가 있는 곳이 늪이 아닌지 한번 살펴보세요.
늪은 흘러가지 않기 때문에 정지돼 있기 마련인데요.
만약 자신이 정지돼 있다면 그것은 위험한 일이거든요.
우리 모두 바다가 되었으면 합니다.

세 가지 여유로움

이런 말 들어보셨어요.
사람은 평생 세 가지 여유로움을 즐길 수 있어야
행복한 삶이 된다고 합니다.
우선 하루는 저녁 시간이 여유로워야 한다고 해요.
저녁때가 되면 가족들이 다 집에 들어와서
하루의 피로를 푸는 시간이니까요.
그리고 1년 중에는 겨울이 여유로워야 한다고 하는 것은
1년 농사가 잘 돼서 먹을 양식 걱정 없이 지낸다는
경제적인 안정을 뜻합니다.
또 일생으로 보았을 때는 노년이 여유로워야 하는데요.
그것은 자식들이 잘 성장해서 근심 걱정 없는 상태를 말합니다.
사람의 행복은 이렇게 가족들과 함께
이루어진다는 것을 알 수 있는데요.
우리 가족들은 이 세 가지 여유로움을
얼마나 즐기고 있는지 돌아볼 일입니다.

화냄은 폭력이다

아리스토텔레스가 이런 말을 했어요.
"누구든지 화를 낼 수 있고 그것은 쉬운 일이다.
하지만 올바른 대상에게,
올바른 정도로,
올바른 시간에,
올바른 목적으로,
올바른 방식으로 화를 내는 것은
쉬운 일이 아니다."라고 했습니다.
이 말은 우리가 무분별하게 화를 내고 있다는 뜻이겠죠.
무분별하게 화를 내는 것은 하나의 폭력인데요.
자신도 모르게 이런 폭력을 가하고 있지는 않은지
생각해 볼 일입니다.

복권 광고

한 나라의 생활 수준을 가장 잘 표현한 것이
광고라고 합니다.
광고는 그 나라 문화나 국민성 그리고 경제성장 등
모든 것을 담고 있기 때문이죠.
독일의 방송이나 잡지에는 복권 광고가 자주 나오는데요.
당첨을 알리는 사람이 문을 두드리면
그 집 주인이 문을 열고 나와서 예상치 못했던 소식에
기뻐하는 모습을 담은 광고예요.
그런데 당첨을 알리는 그 행운의 메신저가 장애인입니다.
장애인에 대한 긍정적인 이미지를 만들기 위해
일부러 장애인을 등장시킨 것이지요.
독일 사람들의 장애인에 대한 높은 사회적 인식이
그냥 만들어진 것은 아니란 생각이 듭니다.
이렇게 콘텐츠를 통해 대중에게 스며들었기 때문에
장애인에 대한 높은 인식이 가능했다는 것을 알 수 있는데요.
우리는 이런 노력이 너무나도 많이 부족하지 않았나 싶어요.

행복의 파장

행복이란 뭘까요.
흔히 아무 일 없이 편안하게 지내는 것이
행복이라고 생각하죠.
하지만 행복은 어떤 파장도 없는 잔잔한 삶이 아니라
파장이 자기가 원하는 대로 일어나는 것이라고 해요.
고인 물은 썩기 마련이지만 그렇게 파장이 일어난다는 것은
발전을 향해 변화하고 있다는 뜻이거든요.
그러니까 변화를 두려워할 것이 아니라
그 변화를 행복의 파장이라 생각하고 변화를 즐겨 보세요.
짜릿한 행복이 느껴질 겁니다.

항상 남아 있는 행복

과자 통 속에 여러 종류의 과자가 있을 때
여러분은 어떤 과자부터 집으시겠어요.
자기가 좋아하지 않는 것부터 먹으면
맛있는 과자는 항상 남아 있습니다.
우리 인생도 마찬가지일 거예요.
궂은 일, 괴로운 일부터 먼저 하면
즐겁고 행복한 일이 항상 남아 있습니다.

네가 결정하라

철의 여인이라고 불리우는 영국의 수상 마가렛 대처 여사는
보잘것없는 시골 구멍가게 둘째 딸로 태어났는데요.
그가 철의 여인으로 모든 역경을 이겨 낼 수 있었던 것은
부모님의 가르침 때문이었죠.
대처 여사의 부모님은 비록 가난하고 배우지 못했지만
자녀들을 아주 강하게 가르쳤어요.
'네 일은 네가 결정하라.'고 항상 스스로 결정하도록 한 것이
수상으로 결정해야 할 어려운 문제들을
소신껏 해결해 나갈 수 있었던 겁니다.
그런 소신이 대처를 철의 여인으로 만들었습니다.
우리 부모님들은 자녀를 위해
당신들이 대신 결정을 내려야 최선이라고 생각하시죠.
바로 그것이 자녀를 의존적인 사람으로 만들었어요.
이제 그 생각을 바꿔야겠다고 결심하셨나요?

힘의 근원

좋은 글귀 하나에서도
시원한 바람이 불어온다는 것을 느낄 때가 있습니다.
영국의 철학자 버트랜드 러셀이 이런 말을 했어요.
"고통과 장애는 새로운 힘의 근원이 된다."고 말입니다.
지금 우리가 가지고 있는 고통이
힘이 돼서 더 큰 일을 해낼 수 있게 만든다는 거예요.
지금 여러분들이 영원히 짊어져야 할 고통이
아픔이 아니라 또 다른 힘이 될 수 있습니다.

안데르센의 꽃밭

어린 시절 어머니가 읽어 주시는 동화 책을 들으며
아름다운 꿈을 많이 꿨을 텐데요.
그 동화의 대부분이 안데르센 작품이지요.
이렇게 세계적인 작가가 되기까지 안데르센은
오랜 시간 좌절의 나날을 보내야 했다고 해요.
안데르센이 열한 살 때의 일이었어요.
열심히 쓴 글이 학교에서 칭찬을 받지 못하자
집에 와서 울었다고 해요.
그러자 어머니는 안데르센을 꽃밭으로 데리고 가서
활짝 핀 꽃도 처음에는 어린 싹이었다는 것을 설명해 줬죠.
안데르센의 작품은 초창기에는 크게 주목받지 못했었는데요.
그럴 때마다 어머니 말씀을 떠올리며
중도에 포기하지 않았다고 합니다.
안데르센은 많은 좌절을 겪었기 때문에
작품이 더 성숙할 수 있었지 않았나 싶어요.
지금 인정을 못 받는다고 마음 아파하시지 말구요.
꽃이 활짝 필 때까지 꾸준히 노력하는 인내가 필요하겠지요.

세 가지 웃음

행복의 첫 번째 비결은 "웃는 것"이라고 해요.
그리고 두 번째 비결은 "그래서, 웃는 것"이고
세 번째 비결은 "그러나, 웃는 것"이라고 하죠.
이 말은 좋아서도 웃고
싫어서도 웃고
그러다 보면 늘 웃게 되기 때문에
행복해지는 거죠.
웃음에 인색하지 않았으면 합니다.

언어장애와 거짓말

작은 결점만 있어도 사람들은 큰 단점인 양 부풀리는데요.
캐나다의 총리였던 장 크레티앙은 많은 장애를 갖고 있었어요.
한쪽 귀가 잘 안 들리고,
안면 근육 마비로 입이 삐뚤어져 발음이 어눌했죠.
하지만 그는 세 번씩이나 총리로 당선이 된 캐나다의 영웅이에요.
크레티앙은 선거 때마다 그의 장애가 문제가 됐었죠.
한번은 노골적으로 이런 소리를 들었습니다.
한 나라를 대표하는 사람이 언어장애가 있다는 것은
국가적인 결점이 될 수도 있다는 뼈아픈 공격이었는데요.
그 말에 크레티앙은 이렇게 답변했어요.
"말이 어눌한 것은 사실이지만 거짓말은 하지 않습니다."라고
단호하게 선언했죠.
그 말이 국민들에게 크레티앙에 대한 신뢰심을
더 확고히 해 주었습니다.
장애를 아무렇지도 않게 생각한 캐나다 국민들이
정말 훌륭하단 생각이 듭니다.

하루 열두 번 포옹하기

하루 열두 번의 포옹이 필요하다고 합니다.
반드시 끌어안는 것만이 포옹은 아니죠.
눈으로
말로 사랑을 보내면
그것이 곧 포옹이 된다고 합니다.
우리의 눈빛이 상대를 거부하고 있지는 않은지
또 우리 말이 상대방에게 상처를 주지는 않았는지
생각해 보구요.
하루 열두 번의 포옹을 실천했으면 합니다.

자기 확신이 필요하다

이런 일이 있었습니다.
한 무명의 권투 선수가 챔피언과 시합을 앞두고 소감을 묻자
"난 세계 최고의 복서!"라고 말했죠.
기자는 그가 건방지다고 비난했어요.
하지만 그 시합에서 그는 승리를 했습니다.
그 후 그는 경기를 할 때마다
몇 라운드에 KO를 시키겠다고 장담을 했는데요.
그럴 때마다 그 예상이 적중을 했죠.
그러자 기자들은 그 선수를 주목하기 시작했습니다.
그가 바로 무하마드 알리예요.
알리는 그때부터 세계적인 선수로 인정을 받기 시작했는데요.
그를 세계적인 선수로 만든 것은 자기 확신이었습니다.
은퇴 후 알리는 파킨슨병으로
온몸이 떨리는 마비 증상을 갖게 되었지만
자선사업을 하면서 노년기에도 최고의 시간을 보냈습니다.
이 역시 자신의 장애를 통해 어려운 이를 도와야 한다는
자기 확신에서 비롯되었다고 합니다.

희망은 만들어진다

희망이란
마치 땅 위의 길과 같은 것이라고 합니다.
본래 땅 위에는 길이 없었죠.
한 사람이 먼저 지나가고
그 후 걸어가는 사람이 많아지면
그것이 곧 길이 되듯이요.
희망도 처음엔 없는 것처럼 보이지만
자꾸 생각하고 시도하면서
희망이 만들어지는 것이라고 해요.

생의 마지막 5분

한 사형수에게 5분이란 시간이 남아 있었는데요.
그는 그때 다시 한 번만 인생을 살 수 있다면
매 순간 최선을 다 하리라는 생각을 합니다.
이 세상에서 가장 소중한 것이 시간이란 사실을 깨달았으니까요.
그때 사형집행 중지명령이 내려져서
그는 정말 다시 인생을 살게 됐어요.
그는 그때의 경험으로 「죄와 벌」이라는
세계적인 작품을 쓸 수 있었지요.
그렇습니다. 그가 바로 도스토옙스키입니다.
도스토옙스키는 매 순간 최선을 다해
주위 사람들의 존경을 받았다고 해요.
시간의 소중함을 깨닫는 것이
인생을 알차게 채우게 한다는 것을 알 수 있는데요.
여러분은 매 순간 최선을 다하고 계신지요.

지혜와 후회

영국 속담에 이런 말이 있어요.
"지혜는 듣는 데서 오고
후회는 말하는 데서 온다."고 말입니다.
우리가 지혜롭지 못한 것은
남의 말에 귀를 기울이지 않았기 때문이죠.
그리고 우리 삶이 후회 투성이인 것은
우리가 너무 말을 많이 했기 때문일 겁니다.
많이 듣고
신중히 말하면
후회 없이 지혜롭게 살 수 있겠죠.

진정성의 힘

거대한 오케스트라를 움직이는 것은 단 한 명의 지휘자입니다.
그래서 지휘자가 참 멋있어 보이죠.
세계적인 오페라 지휘자 제프리 테이트가 지휘하는
음악회에 갔던 분들은 그의 모습에 깜짝 놀란다고 해요.
그는 지팡이를 짚고 무대에 등장해 바로 의자에 앉거든요.
그는 왼쪽 다리가 마비되고 등뼈가 굽은 척추장애를 갖고 있는데요.
키에 비해 유난히 팔이 길어서 지휘하는 데 아주 적격이라고 합니다.
제프리는 어린 시절 수술을 여러 차례 받으며
음악에 푹 빠졌지만 그의 부모는 제프리가 의사가 되길 원했죠.
그래서 제프리는 영국 런던에서 의학 공부를 했어요.
하지만 그는 음악에 대한 열정을 버리지 못해
27세의 비교적 늦은 나이에 음악을 시작합니다.
제프리는 스웨덴에서 오페라 〈카르멘〉의 지휘를 맡아 데뷔를 하죠.
그 후 제프리 테이트는 미국 뉴욕 메트로폴리탄 오페라 등
수많은 무대에서 관능적인 지휘로 관중들을 매료시켰습니다.
제프리 테이트는 오페라 작품에 대한 해석에
탁월한 능력을 갖고 있다고 평가받고 있는데요.
그것은 음악에 대한 진정성과 헌신이 묻어 있기 때문입니다.

성공을 무너트리는 오만

중국 학자 관자가 이런 말을 했습니다.
"성공은 노력에 의해 성취되고 오만으로 무너진다."고 말예요.
성공하기 위해 기울이는 노력은 크지만
그 성공을 무너트리는 것은 단 한 번의 오만이라고 합니다.
세우기는 힘들어도 무너지는 것은 너무 쉽다는 것을 알 수 있죠.
성공은 노력에 의해 성취되고
오만으로부터 무너진다는 말,
잘 새겨 두시기 바랍니다.

감사 처방

가끔 심장이 마구 뛰고 열이 치밀어 오르면서
몸이 뻣뻣해진다고 병원을 찾아온 환자가 있었어요.
지니 르메어 칼라바라는 정신과 의사는
그에게 감사하는 마음을 가지라고 처방해 주었지요.
환자는 그 처방으로는 자신의 병이 낫지 않을 거라고 판단했어요.
그래서 더욱 증상이 심해졌습니다.
그러다 그는 어려운 분들을 돕는 자원봉사를 하게 됐는데요.
이상하게 심장이 뛰는 증상이 나타나지 않는 거예요.
가만히 생각해 보니까 그의 가슴속에 감사하는 마음이 생긴 겁니다.
가난 속에서도, 장애 속에서도 열심히 살고 있는데
뭐 하나 부족한 것이 없는 자신의 환경이
얼마나 고마운지를 깨달은 거죠.
어떠세요? 공감이 되시죠.
감사하는 마음을 가지면
정신적으로 건강해질 수 있다는 사실을 기억했으면 합니다.

편견은 쓰레기와 같다

아인슈타인이 이런 말을 했어요.
"편견은 쓰레기와 같다."고 말입니다.
쓰레기는 오래 두면 환경을 해치기 때문에 빨리 버려야 하는데요.
우리는 그 편견을 버리지 못하고 있습니다.
생각을 자유롭게 가져야
새로운 것을 창조해 낼 수 있다고 하는데요.
편견 때문에 생각의 자유를
구속하는 일이 없었으면 합니다.

자기 자신에게 의지하라

살다 보면 이런저런 일들을 많이 겪게 되지요.
고통, 슬픔, 곤경 등 우리가 생각지도 못했던
장벽에 부딪히게 되는데요.
그럴 때 우리는 누군가에게 의지하려고 합니다.
하지만 그 누구도 결코 그 문제를 해결해 주지 못하죠.
결국 자기 자신에 의지해서 스스로 일어서야 합니다.
그러니까 처음부터 스스로 해결한다는 의지가 필요할 듯해요.

성공을 준비하자

준비를 철저히 하면 그만큼 실수를 줄일 수 있구요.
그만큼 시간도 단축이 된다고 합니다.
인류 최초로 남극을 탐험한 사람으로
아문젠을 기억하고 있지만요.
남극 탐험을 떠날 때는 두 팀이 있었다고 해요.
한 팀은 아문젠이고 또 한 팀은 스코트였죠.
아문젠은 성공할 수 있었는데
스코트가 성공하지 못한 이유는 아주 간단합니다.
한 사람은 준비를 철저히 했고
한 사람은 준비를 대충했기 때문이었어요.
철저한 준비가 성공으로 이끄는
원동력이 된다는 것을 알 수 있습니다.
새로운 일을 시작할 때는 누구나 성공을 기원하게 되는데요.
준비가 완벽하다면 성공할 수 있다는 것을
아문젠의 남극 탐험 얘기에서 알 수 있습니다.

일류 인생

이런 말이 있습니다.
"힘들 때 우는 것"은 삼류 인생이고
"힘들 때 참는 것"은 이류 인생이라구요.
그럼 일류 인생은 뭘까요.
그건 "힘들 때 웃는 것"이라고 해요.
어떠세요?
맞는 말이지요.
힘들 때일수록 웃어야 인생을 멋있게 만들 수 있다는 뜻일 텐데요.
잘 새겨 두었으면 합니다.

자선의 상징 돼지 저금통

어린이가 있는 가정에는 동전을 넣는
돼지 저금통이 하나쯤 있을 텐데요.
저금통은 왜 돼지 모양으로 만드는 것일까요?
돼지 저금통이 탄생한 데는 이런 사연이 있어요.
미국 캔자스주 작은 마을에 윌버라는 소년이 살았어요.
윌버는 가난했기 때문에 정부 지원을 받아야 했어요.
그러던 어느 날 윌버가 담당 사회복지사에게 편지를 썼어요.
용돈을 모아 새끼 돼지를 사서 돼지를 키워 마을에 있는
한센병 환자를 돕겠다고 말예요.
소년은 정말 새끼 돼지를 사서 열심히 키웠고
사회복지사와 약속한 대로 한센병 환자를 도왔어요.
이런 사실이 신문에 소개되자 사람들은 윌버 소년처럼
이웃을 돕겠다는 마음으로 동전을 모았는데요.
그 동전을 담기 위한 저금통을 돼지 모양으로 만들었던 거죠.
이런 사연 때문에 돼지 저금통이 기부를 상징하게 되었는데요.
우리 어린이들에게 이 얘기를 들려줘서
이웃을 위해 기부하는 마음을 키워 줬으면 합니다.

죽었을 때 받는 두 가지 질문

이집트에서는 죽어서 저세상으로 가면
신이 두 가지 질문을 해서 천국으로 갈지 못 갈지를
결정한다고 믿고 있다고 해요.
첫 번째 질문은 "인생에서 기쁨을 찾았는가?" 하는 것이고
두 번째 질문은 "남에게 기쁨을 줬는가?" 하는 것이라고 합니다.
자기도 행복하게 살아야 하지만
다른 사람도 행복하게 해 주어야
잘 산 삶이 된다는 것을 알 수 있습니다.

책이 최선이다

요즘 독서량이 점점 줄어들고 있다고 하는데요.
독서가 얼마나 큰 역할을 하는지를 잘 말해 주는 일화가 있습니다.
조셉 퓰리처는 헝가리에서 태어나 미국으로 이주를 했는데요.
너무나 가난해서 학교에 갈 엄두도 내지 못했고,
책을 사 볼 돈도 없었어요.
그러다 우연히 도서관에 가면
무료로 책을 읽을 수 있다는 사실을 알았지요.
퓰리처는 하루 16시간씩 막노동을 해야 했지만,
일을 마치면 반드시 도서관에 갔습니다.
그곳에 가면 읽고 싶은 책을 마음껏 읽을 수 있었기 때문에
피곤한 줄도 몰랐다고 해요.
퓰리처의 독서량은 대단했지요.
도서관에 있는 모든 책을 거의 읽었을 정도니까요.
이런 상상할 수도 없는 독서량으로 그는 다양한 지식을 쌓으며
세상 일에 냉철한 시선을 갖게 되었습니다.
이렇듯 퓰리처를 저널리스트로 만든 것은 독서였는데요.
이렇게 중요한 독서를 게을리해서는 안 되겠지요.

창조적인 습관

우리는 습관에 따라 행동하죠.
그래서 습관이 중요한 건데요.
습관에는 세 가지가 있다고 해요.
첫째는 타성에 젖은 습관이고
둘째는 현상을 유지하는 습관입니다.
그리고 셋째는 창조적인 습관인데요.
우리를 발전시키는 것은
바로 이 창조적인 습관입니다.

공존

상황이 힘들어질수록 서로 돕는 자세가 필요할 것 같아요.
미국 캘리포니아는 비가 오지 않기로 유명한데요.
레드우드 국립공원에는 키 큰 나무들이 울창한 숲을 이루고 있지요.
이것을 이상하게 여긴 식물학자들이 연구를 했는데요.
놀랍게도 나무 뿌리가 옆의 나무 뿌리와 서로 연결돼서
수분을 나누고 있었어요. 그러니까
부족한 것을 서로 주고받으며 서로에게 기대어 살고 있었던 거지요.
어려운 상황 속에서는 나무도 이렇게
서로 도우며 살고 있다는 것을 알 수 있는데요.
만물의 영장인 사람은 어떻습니까?
서로 자기만 잘 살겠다고 다른 사람에게 피해를 주는 일도
주저하지 않는다면 그것은 나무보다도 못한 거죠.
힘들수록 서로 도우며 살아야 한다는 것
그것이 세상을 살아가는 이치가 아닐까 합니다.

인생은 여행이다

인생은 여행을 가는 것과 비슷하다고 합니다.
사람들은 모든 걸 계획하지만
길을 잘못 들 수도 있고
다른 길로 가서
지도에도 없는 곳에서 예상치 못했던 일을 겪기도 하듯이요.
인생도 계획대로 되지 않고 뜻밖의 일로 고통을 겪기도 하지만요.
그것이 인생을 더 살맛나게 만들지 않나 싶습니다.
마치 여행의 즐거움처럼 말예요.

희망을 닦다

영국 런던의 한 교도소 벽에 앉아
열심히 구두를 닦고 있는 소년이 있었어요.
소년은 항상 미소를 지었고 콧노래를 부를 때도 있었지요.
그런 소년의 모습에 관심이 생긴 사람들은
소년에 대해 이것저것을 물어봤습니다.
소년의 아버지가 빚 때문에 교도소에 수감돼 있어서
소년은 학교도 그만두고 구두를 닦으며
아버지 뒷바라지를 하고 있었던 것이었어요.
그런 사연을 안 사람들은 학교도 못 가고 구두를 닦으면서
뭐가 즐거워 미소를 짓고 있냐고 물었죠.
그러자 소년은 이렇게 대답했어요.
"전 지금 구두를 닦는 것이 아니라
희망을 닦고 있기 때문에 즐거워요."
이렇게 멋진 말을 한 소년은 성장해서 작가가 됐어요.
〈크리스마스 캐럴〉이란 작품으로 유명한
세계적인 소설가 찰스 디킨스입니다.
똑같은 상황이라도 그것을 어떻게 받아들이느냐에 따라
절망이 되기도 하고 희망이 되기도 한다는 것을 알 수 있는데요.
우리도 희망을 닦아 볼까요.

화를 달래는 법

살다 보면 화나는 일이 많은데요.
그 화를 다스려야지
기분대로 뿜어내면 자기 자신도 괴롭고
타인도 괴롭습니다.
화를 달래는 방법은요.
상대방을 이해해 주는 거라고 하죠.
그 사람이 왜 그럴 수밖에 없었는지를 이해하면
어느새 화가 싹 풀립니다.
자, 화난 표정 짓지 말고 환하게 웃어 보세요.

인정이 만든 능력

상대성이론을 발명한 물리학자 아인슈타인은
어렸을 때 공부를 아주 못하는 아이였다고 해요.
공부를 못한다고 꾸중을 듣는 학생도 늘 아인슈타인이었죠.
친구들도 아인슈타인을 싫어했다고 합니다.
그래서 아인슈타인은 혼자였어요.
학교생활에 적응을 하지 못해 신경쇠약까지 생겼다고 해요.
결국 아인슈타인은 학교를 그만두고 혼자서
수학과 물리를 독학으로 공부했습니다.
그런데 아인슈타인의 뛰어난 능력을 알게 된
스위스 취리히대학 학장이 아인슈타인을 입학시켰지요.
그때부터 아인슈타인은 연구에 몰두할 수 있었습니다.
독일 베를린대학 교수도 되고 노벨 물리학상도 수상했죠.
어렸을 때 공부를 못한다고 야단을 맞던 아인슈타인은
그의 능력을 인정해 주는 사람 덕분에
세계적인 물리학자가 될 수 있었던 겁니다.
인정해 주는 것이 얼마나 중요한 일인지 잘 알 수 있는 일화인데요.
우리는 인정하기에 너무 인색하지 않은가 싶어요.

행복의 척도는 없다

사회학자 벤호벤이 이런 말을 했어요.
“행복은 자신의 삶을 얼마나 좋아하느냐에 달려 있구요.
행복을 평가하는 척도는 없다.”고 했죠.
이 말은 행복은 다른 사람이 평가하는 것이 아니라
자기 스스로 판단하는 것이란 뜻입니다.
지금의 자기 생활이 편안하고 즐겁다면
그것이 바로 행복입니다.

대통령과 청각장애인

미국 역대 대통령의 청각장애인에 대한
에피소드를 정리한 글을 읽었는데요.
미국 서부를 개척하던 시기의 대통령이었던
데오도르 루스벨트는 서부 지역을 방문할 때
청각장애인 가이더가 안내를 맡았다고 해요.
그리고 윌슨 대통령은 청각장애인 전문대학인 갈로뎃대학
졸업식에서 연설을 한 유일한 대통령이란 기록을 갖고 있죠.
닉슨 대통령은 백악관에 수어통역사를
공식적으로 채용한 첫 번째 대통령이고,
휠체어 대통령인 프랭클린 루스벨트는 백악관 비서로
청각장애인을 채용해서 자신의 휠체어를 밀게 했습니다.
대통령의 관심과 의지에 따라
청각장애인 능력이 빛났다는 것을 알 수 있는데요.
장애인에 대한 관심으로 장애인에게 새로운 길을 열어 준
훌륭한 지도자들이 많아졌으면 합니다.

산다는 것은 행동하는 것

산다는 게 뭘까
가끔 이런 의문이 생기곤 하는데요.
루소가 한 말에 공감이 되더군요.
이런 말을 했거든요.
"산다는 것은 행동하는 것이다."라고 말예요. 그리고
"잘 사는 것은 양심에 따라 행동하는 것이다."라고 합니다.
양심을 속이고 행동하는 것은
잘 살지 못하는 일이 될 텐데요.
잘 살고 싶은 분들은
진실을 소중히 여기는
마음이 필요합니다.

감당해 내지 못할 고통은 없다

어떤 고통스러운 문제가 생기면
우리는 왜 하필 나한테 이런 일이 생기나 하는
원망부터 하게 되지요.
다른 사람한테 떠넘길 수 없는 일이라면 빨리 받아들이구요.
어떻게 해결할 것인지 그 방법을 찾는 것이
더 현명할 거예요.
감당해 내지 못할 고통은 없다고 하잖아요.

약함이 만든 지도력

"나의 약함이 나라에 도움이 됐다."는 이 말을 한 여성 지도자는
1969년에 이스라엘 최초로 여성 총리로 당선된 골다 메이어인데요.
메이어는 중동문제를 평화적으로 해결하는 정치력을 발휘했죠.
메이어는 총리직에서 물러난 후 4년 만에 세상을 떠났는데요.
그때 사인은 림프종이 악화된 것이었어요.
메이어 총리는 총리가 되기 훨씬 전부터
백혈병을 앓고 있었던 것으로 밝혀져 국민들에게 충격을 줬습니다.
메이어 총리는 왕성한 활동을 했기 때문에
그녀의 건강을 의심하는 사람들이 없었죠.
메이어 총리는 어린 시절 너무나 병약해서 가족들은
그녀에게 그렇게 강한 힘이 있을 것으로 생각지 못했다고 해요.
그런데 메이어 총리는 그녀의 자서전에서 약했기 때문에
열심히 노력했던 것이 자신을 강하게 만들었고,
그 힘이 나라에 도움이 됐다고 말했죠.
약하다거나 단점이 있다고 포기할 것이 아니라
그것을 보완하기 위해 노력하면
더 큰 장점을 갖게 된다는 것을 알 수 있는데요.
지금 내가 갖고 있는 단점을 보완하려는 노력부터 해야겠지요.

휴일에 해야 할 일

우리에게 휴일이 필요한 것은
잠시 쉬면서 뒤를 돌아보기 위해서가 아닐까 해요.
앞만 보고 가다 보면 놓치는 것이 분명히 있기 마련이거든요.
하던 일을 멈추고 주위를 살펴보면
본의 아니게 상대방에게 상처를 준 일도 떠오르고
뜻밖의 도움을 받아 위기를 넘긴 일도 생각날 거예요.
그런 일에 대한 감사와 사과를 해야
더 좋은 모습으로 성장할 수 있죠.
휴일은 바로 그런
돌아봄의 시간이 돼야 하지 않을까 합니다.

르누아르의 말년 작품이 사랑받는 이유

삶의 기쁨과 환희의 순간을 화폭에 담은 화가가 있습니다.
프랑스 화가 르누아르인데요.
르누아르는 비극적인 주제로 그림을 그리지 않은 화가로 유명하죠.
사람들은 르누아르가 고통 없이 살았기 때문이라고 생각하지만요.
르누아르처럼 고통이 많았던 화가도 없을 거예요.
두 아들이 전쟁에 나갔다가 큰 부상을 입었고
르누아르도 관절염에 걸려 휠체어에 의지해 살았죠.
화가의 생명인 손에도 관절염이 생겨 손이 심하게 뒤틀렸기 때문에
손가락에 붓을 묶어서 그림을 그렸다고 해요.
하지만 그는 분노하지도 않았고 절망도 하지 않았죠.
고통이 클수록 그는 작품에 찬란한 햇살 속에 비친
아름다운 세상을 담았습니다.
그래서 르누아르는 초기 작품보다 장애를 갖게 된 후
고통 속에서 그린 말년 작품이 더 많은 사랑을 받고 있죠.
르누아르는 장애라는 렌즈를 통해
진정한 아름다움을 볼 수 있었던 것입니다.

관심을 갖고 보면 칭찬하게 된다

주위 사람들에게 관심을 갖게 되면
그동안 보이지 않던 것이 눈에 띕니다.
못마땅한 점도 보이고
정말 좋은 점도 보일 텐데요.
좋은 점이 발견되면 바로 칭찬을 하는 것이
분위기를 한층 밝게 만들지요.
그런데 분위기가 좋아지면
저절로 재미있는 일들이 생길 거예요.

밀턴의 「실낙원」은 고통의 산물

"이제 저 사람 인생은 끝났다. 희망이 없다.
실의에 빠져 머지 않아 죽을 것이다."
사람들이 이렇게 수근댄 대상은 영국의 정치인 존 밀턴입니다.
그도 그럴 것이 반대 세력에 의해 감옥에 가게 됐고
그 충격으로 부인이 세상을 떠났죠.
게다가 밀턴의 나이 52세에 시각장애가 찾아왔습니다.
사람들은 그가 아무것도 할 수 없다고 생각했어요.
그런데 15년 후인 1665년 밀턴은 정치인이 아닌 작가로
「실낙원」이란 대작으로 다시 세상에 나왔습니다.
그에게 시련이 찾아오지 않았다면
「실낙원」은 탄생하지 못했을 겁니다.
밀턴은 이런 명언을 남겼지요.
"앞을 못 보는 것이 비참한 것이 아니고
아무것도 할 수 없다고 주저앉는 것이 비참한 것이다."라고 말예요.
사람들은 시력을 잃은 것을 비참하다고 생각했지만
밀턴은 아무것도 할 수 없다는 사실이 더 비참했기에
뭔가를 하고 싶어서 여섯 살 난 데보라의 대필로
「실낙원」을 집필했던 것이지요.
고통 속에서 더 위대한 일을 할 수 있다는 것을
밀턴이 보여 주었습니다.

정말 사랑하면 아무것도 바라지 않는다

자기가 좋아하는 사람에게는
늘 미안한 마음을 갖게 됩니다.
왜냐하면 그 사람을 위해서 더 많은 것을 해 주고 싶은데
그렇게 하지 못한 것이 안타깝기 때문이죠.
상대방도 똑같은 마음일 거예요.
사랑하는 사람에게는 늘 많은 것을 주고 싶으니까요.
정말 사랑한다면 아무것도 바라지 않을 거예요.
그저 바라볼 수만 있어도 행복할 겁니다.

오직 하나뿐인 나

세상에는 많은 사람들이 있지만요.
자기 자신은 오직 한 명뿐입니다.
그래서 사람은 자기 자신을 사랑해야 합니다.
자기 자신을 존귀하게 여겨야
다른 사람도 존중할 수 있어요.
이 세상에 오직 하나밖에 없는
자기 자신이 귀한 사람이 될 수 있도록
더 많은 노력을 기울여야겠습니다.

대통령의 가정생활

요즘은 국민들의 심판이 너무 날카로워서
대통령 재선이 참 힘든 일인데요.
독일 호르스트 쾰러 대통령은 재선에 성공했습니다.
독일 사회가 나아가야 할 방향을 잘 알고 있는
정치가라는 평가를 받았기 때문이죠.
쾰러 대통령에게는 울리케라는 시각장애인 딸이 있는데요.
이 딸이 아버지에 대한 이미지를 긍정적으로 만드는데
결정적인 역할을 했다고 해요.
대개 대통령들은 자식들의 부적절한 행동 때문에
스캔들이 생기곤 하는데요.
울리케가 시각장애인을 위해 열심히 봉사하고
쾰러 대통령은 그런 딸을 묵묵히 돕고 있는 모습이
국민들에게 신뢰를 주었던 것이지요.
게다가 쾰러 대통령은 노모를 극진히 모신 효자로도 유명합니다.
대통령이란 자리는 정치력도 중요하지만요.
이렇게 가정적으로 온화하고 검소한 생활을 하는 것도
매우 중요하지 않을까 해요.
가정이 행복해야 무슨 일이든지 잘할 수 있을 겁니다.

감당해 낼 수 있는 힘을 구하는 기도

종교를 갖고 있지 않더라도 기도를 하게 되지요.
그런데 그 기도의 내용이 대부분 편안하게 해 달라는 것입니다.
하지만 진실한 기도는 편안한 것을 구하는 것이 아니라
그 일을 감당해 낼 수 있는 힘이 생기기를 원해야 한다고 해요.
그래야 어느 한순간만 편안해지는 것이 아니라
영원히 편안해질 수 있으니까요.
자, 이제 여러분의 기도 내용을 바꿔 보세요.

영국 캐머린 당수의 장애아 정책

경험이야말로 가장 유능한 능력을 만들어 주지 않나 싶습니다.
영국 보수당 당수인 데이비드 캐머런은
뇌성마비 아들을 키운 경험을 바탕 삼아
장애아 정책을 내놓았는데요.
영국 장애아 부모들에게 큰 호응을 얻었다고 해요.
캐머린 당수는 아들이 장애를 갖고 있다는 것을 처음 알았을 때
마치 지도 없이 낯선 곳을 헤매고 있는 것처럼 막막했다고 하면서
장애아에 대한 원스톱 서비스를 도입해야 한다고 했어요.
그리고 장애인 부모도 휴식이 필요하기 때문에
지원을 강화해야 한다고 했죠.
또한 장애아 교육은 개별적으로 실시되는
맞춤학교 확대가 필요하다고도 했습니다.
캐머린 당수는 이런 말도 잊지 않았어요.
"장애아 부모들은 정말 놀라운 일을 해내고 있다."고 말입니다.
이런 말들이 장애아 부모에게 커다란 희망을 주었는데요.
캐머린 당수 같은 장애아 부모가 정치를 하기 때문에
영국의 장애인 부모들은 외롭지 않았을 것 같습니다.

시간 선물

세상에서 가장 큰 선물은 시간이라고 합니다.
시간은 누구한테나 똑같이 주어지는 것이니까
우리 모두 큰 선물을 받은 것이죠.
좋은 선물을 받고도
그것을 잘 활용할 줄 모르기 때문에
선물로서의 가치를 발휘하지 못하는 건데요.
시간이 정말 좋은 선물이 될 수 있도록
더욱더 노력해야겠지요.

당당할 수 있는 힘은 양심에서 나온다

전 세계 청소년들에게 리더십 강의를 하는
숀 코비 박사가 한국에 와서 아주 의미 있는 리더십 강의를 했죠.
성공하기 위해서 재능과 열정 등등 필요한 것이 많지만
가장 중요한 것은 양심이라고 했습니다.
인도의 간디와 독일의 히틀러 두 사람 모두
재능과 열정을 갖고 있었지만 역사적인 평가가 서로 다른 것은
양심의 기준이 서로 달랐기 때문이라고 설명했어요.
리더십이란 사람들 앞에서 당당해질 수 있는 힘을 말하는데요.
그 당당할 수 있는 힘이 바로
양심에서 나온다는 것을 알 수 있습니다.

한국인의 애국심

요즘 '어느 나라 사람이 본 한국인'이라는 글들이
유행처럼 돌고 있는데요.
〈독일인이 본 한국인〉이란 글이 있어요.
이 글은 1950년대의 올림픽 마라토너 손기정 선수와
2000년대의 올림픽 마라토너 황영조 선수를 비교하며
한국인을 분석하고 있는데요.
이런 내용이에요.
손기정 선수는 월계관을 쓰고 있었지만
고개를 푹 숙이고 있었고 표정이 어두웠다는 거예요.
왜냐하면 그의 가슴에는 일장기가 달려 있었기 때문입니다.
그로부터 50년이 지난 후 월계관을 차지한
황영조 선수는 환하게 웃으며 당당히 고개를 쳐들고 있었죠.
왜냐하면 그의 가슴에는 태극기가 달려 있었으니까요.
이 두 가지 모습에서 알 수 있는 것은
한국인들은 개인의 영광보다는 조국을 먼저 생각한다는 겁니다.
이런 한국인의 애국심이 한국을 결코 작지 않은
큰 나라로 만들고 있다고 했는데요.
어떠세요? 한국인이란 자긍심을 갖고
세계 속의 한국을 만들어 가야겠다는
애국심이 불타오르지요.

산다는 것은 선택이다

정신과 의사 앨프레드 아들러가 이런 말을 했어요.
"인간은 자신의 입장을 선택함으로써
운명을 변화시킬 수 있다."고 말입니다.
이 말은 운명은 주어지는 것이 아니라
개척하는 것이란 뜻을 갖고 있죠.
산다는 것은 선택의 연속인데요.
현명한 선택으로 운명을 변화시킬 수 있었으면 합니다.

실천하는 용기

실천하지 않고 생각만 하는 사람은
삶을 비관적으로 만들구요.
생각하지 않고 무조건 행동하는 사람은
함정에 빠지기 쉽다고 합니다.
생각하면서 실천해야
좋은 결과를 얻을 수 있다는 것을 알 수 있지요.
우리의 생각을 행동으로 옮기는
용기가 필요할 때가 아닌가 싶네요.

진실을 보는 법

요즘 우리 사회의 현상을 바라보면서
문득 이런 생각이 들더군요.
옛날 사람들은 지구가 편편해서 지구 끝까지 가면
낭떠러지가 있을 것이라고 믿었었는데요.
그때는 그것이 확실한 진실이었습니다.
하지만 갈릴레이는 지구가 둥글다는 사실을 발견하고
지동설을 주장했습니다.
그것은 절대자에 대한 도전이었죠.
갈릴레이의 윤리성이 문제가 돼서 그는 종교재판에 회부됐어요.
죽음 앞에서 갈릴레이는 지동설을 포기했지만
그는 지구는 둥글고 태양을 중심으로 돌고 있다는 사실을
굳게 믿었기 때문에 연구를 계속했어요.
갈릴레이의 지동설이 인정을 받은 것은
그때로부터 359년 후의 일이라고 합니다.
종교재판을 받던 갈릴레이는 그 당시
얼마나 가슴이 답답하고 안타까웠을까 하는
생각을 해 봤습니다.

마음의 준비

위기가 닥쳤을 때 당황을 하는 것은
마음의 준비를 하지 않았기 때문이라고 합니다.
자신감이 있는 사람은
위기를 침착하게 넘기게 되지요.
그 자신감은 바로 마음의 준비에서 나온다고 하는데요.
우리도 마음의 준비를 해서
어떤 어려움이 닥쳐도
슬기롭게 헤쳐 나갈 수 있었으면 합니다.

이익의 함수

작은 이익에 집착하면
큰 이익을 얻을 수 없다고 합니다.
우리는 작은 손해도 보지 않으려고 하기 때문에
작은 이익에 집착하는 건데요.
그것이 큰 이익을 놓치는
가장 큰 손실이라는 것을 알아야겠죠.
자신의 이익만 생각하는 것은
남에게 피해를 줄 뿐 아니라
자기 자신에게도 손해가 된다는 것,
꼭 기억했으면 합니다.

성취의 힘은 신념

비행기를 발명한 라이트 형제는
집안이 너무 가난해서 학교교육을 제대로 받지 못했다고 해요.
자전거 수리공으로 일을 하고 있었죠.
라이트 형제가 살았던 시절에는
자동차가 지금처럼 보급이 안 됐기 때문에
자전거가 서민들의 교통수단이었어요.
자전거를 타고 달리면서 라이트 형제는 하늘을 나는 꿈을 꿨지요.
그 당시 모두들 라이트 형제의 꿈은 망상이라고 비웃었지만
라이트 형제는 그 꿈을 반드시 이룰 수 있다고 믿었습니다.
성취의 힘은 신념이 아닌가 싶어요.

* 형 윌버 라이트(1867~1912), 동생 오빌(1871~1948)은 1900년에 유인 글라이더 비행을 시작하며 비행기에 대한 연구를 본격화하였다.

군자와 소인의 차이

강태공이 이런 말을 했다고 합니다.
"군자는 뜻을 얻음을 즐기고
소인은 이익을 얻음을 즐긴다."고 말입니다.
어떠세요.
우리는 이익에 너무 집착하고 있는 것은 아닌지
생각해 볼 일입니다.
이 말은 자신이 세운 뜻을 이루었을 때
우리는 보다 큰 즐거움을 얻을 수 있다는 것을
일깨워 주고 있습니다.

로트렉을 기억하자

장애인 작가의 작품이 최고가를 올렸다는 소식이 있었죠.
프랑스의 인상파 화가 앙리 툴루스 로트렉의 〈세탁부〉란 작품이
뉴욕 크리스티 경매에서 우리나라 돈으로 224억 원에 낙찰이 됐어요.
로트렉은 척추장애인이었죠.
장애 때문에 많은 고뇌를 했던 작가입니다.
그림 〈세탁부〉는 1886년경에 그린 것인데
세탁 일을 하는 젊은 여인이 창밖을 내다보는 모습이예요.
지금 봐도 여인의 자태가 아주 생기 있게 느껴지더군요.
그날 경매에서는 모네와 피카소 등의 유명 작가의 작품도 있었는데
로트렉의 작품이 가장 인기가 많았죠.
우리나라 장애인 화가들도
이렇게 사람들로부터 많은 사랑을 받을 수 있었으면 합니다.

작은 일을 하찮게 여기면 큰 일을 못한다

이상은 높게 가져야 하지만요.
일은 작은 것부터 시작해야
큰 일을 이룰 수 있다고 해요.
하지만 우리는 작은 일을 하찮게 생각하기 때문에
큰 일을 하지 못하고
그래서 이상도 실현하지 못하는 것이죠.
작은 일부터 차근차근 실현하는 것이
무엇보다 소중합니다.

마음을 채우면

항아리 속에 한 개의 동전이 들어 있으면
시끄러운 소리가 나지만요.
항아리 속에 동전이 가득 차면
소리가 나지 않는다고 합니다.
항아리를 채우듯이 우리 마음을 채우면
언제나 고요한 평화로움을 유지할 수 있을 거예요.

소중한 자산

참 신기하죠. 날씨가 맑으면 기분이 상쾌해지잖아요.
오늘 하루 날씨 덕분에 마음이 가벼우셨을 텐데요.
이런 얘길 들으면 가슴이 더욱 맑아지실 거예요.
비 오는 날이었는데 학교에서 돌아온
아들의 교복이 흠뻑 젖어 있더래요.
엄마는 젖은 옷을 보고 걱정이 돼서
왜 우산을 쓰지 않았느냐고 물었죠.
그러자 아들이 대답하기를
장애가 있는 반친구를 집에까지 업어다 줬다고 하더래요.
친구를 업어야 했기 때문에 우산을 받지 못해 옷이 젖었던 거지요.
그 얘길 듣는 엄마 마음이 어땠을까요.
우리 아들이 정말 바르게 자랐구나 싶어 가슴이 벅차올랐을 겁니다.
전 이 얘길 들으면서 우리나라의 모든 아들 딸들이
이렇게 바르게 자라고 있다는 확신이 생겼습니다.
비를 맞으며 장애인 친구를 집까지 업어다 주는 우정,
이것이 우리 사회의 소중한 자산이란 생각이 듭니다.

문제를 피하면 문제가 해결되지 않는다

사람이 사는 곳에는 늘 여러 가지 문제들이 있기 마련인데요.
사람들은 어려운 일은 피해 가고 싶어하죠.
어떻게 하면 편하게 지낼 수 있을까 생각합니다.
그렇게 쉬운 일만 하려고 하면
어려운 문제는 늘 해결되지 않은 채 남게 되죠.
어려운 일부터 해결해야 모든 문제가 해결됩니다.
어렵다고 피할 것이 아니라 부딪혀 보세요.
그러면 남다른 성과를 올릴 수 있을 거예요.

피하지 말고 부딪혀라

살면서 부딪히는 일들을 두려움으로 대하거나
방어적인 태도를 가지면 더 위험해질 수 있다고 합니다.
피하지 말고 부딪히면서 사는 것이 훨씬 안전하고
재미도 있다고 해요.
모든 일에 두려워하지 말구요.
앞으로 밀고 나가는 용기가 필요합니다.

정신병 환자를 해방시킨 사람

정신질환으로 장애가 남아 있는 사람들을
정신장애인으로 장애등록을 시켜서 사회 복귀를 위한
다양한 사업을 펼치고 있는데요.
18세기 말까지만 해도 정신질환을
인간에게 악마가 깃든 현상으로 여겼기 때문에
쇠사슬에 묶어 가둬 두었다고 합니다.
이런 비참한 상황을 개선한 사람이 프랑스의 필리페 피넬이죠.
그는 의학 잡지를 통해 수용소의 실태를 고발하면서
환자를 인간적으로 대우해 줘야 한다고 주장했습니다.
피넬은 실제로 병원 개혁에 나서서 정신병 환자들을 해방시켜 줬죠.
피넬은 나폴레옹의 주치의가 돼 달라는 제안을 사양하고
정신병 환자들의 인권을 위해 헌신했습니다.
피넬 덕분에 정신병 환자들의 인권이 많이 좋아졌지만요.
아직도 정신장애인의 인권 침해가 심각하다는 것을 생각하면
피넬과 같은 의식 있는 의사가 필요하다는 생각이 듭니다.

행복해지려면 재미있는 생각을

가장 행복한 삶은 가장 재미있는 생각을 하는 삶이라고 합니다.
재미있는 생각을 하면 저절로 얼굴에 미소를 짓게 되니까요.
우리는 이런저런 생각을 많이 하는데요.
그 생각의 대부분은 걱정이라고 해요.
그래서 행복한 느낌보다는
불행하다는 생각이 더 많이 드는 거죠.
행복해지려면 재미있는 생각을
많이 해야 하지 않을까 싶습니다.

사랑은 곡선이다

사랑은 곡선이라고 합니다.
사랑에는 감싸 주는 여유와
도닥거려 주는 부드러움이 있기 때문이죠.
우리의 사랑이 직선이 되고 있지는 않은지
생각해 봤으면 합니다.
사랑이 직선이 되면 서로 부딪혀 마찰이 생기거든요.

자멜의 인기

프랑스에서 최고의 인기를 얻고 있는 자멜 데부즈는
우리나라 사람들의 잣대로 봤을 때는
절대로 성공할 수 없는 조건을 갖고 있죠.
키가 1m 60cm밖에 안 되는 단신인데다가
한쪽 팔을 잃은 절단장애인입니다.
자멜은 고등학교 중퇴 학력이 전부이고
모로코에서 이민 온 소수민족입니다.
하지만 자멜은 프랑스에서 배우로 코미디언으로
활발한 활동을 하면서 많은 사랑을 받고 있지요.
그의 유머에는 예리함과 함께 따스함이 있기 때문입니다.
그리고 영화에서 그는 몸을 사리지 않는 연기를 보여 줘서
호평을 받고 있어요.
자멜은 자신의 장애를 있는 그대로 보여 주고 있는데요.
그런 솔직함이 더욱 사람들에게 친근감을 주고 있습니다.
많은 어려움을 딛고 성공한 자멜을 보면서
사람들은 희망이란 큰 선물을 받고 있지 않나 싶습니다.

나부터 시작하기

뭔가를 시작하려고 할 때
사람들은 누군가 그 일을 먼저 시작하기를 기다리지요.
그래서 시작을 하지 못하고 우물쭈물하는데요.
그런 마음을 갖고 있으면 결코 시작할 수 없다고 해요.
시작은 항상 나 자신으로부터라는 자세를 가져야
앞으로 나갈 수 있다고 합니다.
그러니까 남의 눈치 살피지 마시구요.
자기부터 출발하는 거예요.
그러면 남보다 앞서 나갈 수 있을 겁니다.

진실한 실천은 아름답다

어떤 대가를 바라지 않고 남을 위해
봉사하는 사람들의 모습은 아름답죠.
그 모습이 아름다운 것은
한순간의 연출이 아니라 진실한 마음으로
실천하는 사랑이기 때문입니다.
진실한 사랑으로 아름다움을 만들어 갔으면 합니다.

샤넬의 진짜 향기

남다른 고통 때문에 남다른 성공을 일궈 낸 사람들
얘기를 들으면 큰 힘이 되지요.
명품 브랜드로 세계적인 사랑을 받고 있는 샤넬은
가브리엘 샤넬이라는 한 여자가
고통 속에서 창조해 낸 디자인입니다.
샤넬은 부모님이 있었지만 보육원에서 성장을 했지요.
부모님이 자식을 돌볼 능력이 없었으니까요.
보육원에서 직업 훈련으로 양재 기술을 배웠던 것이
그녀를 디자이너로 만들었습니다.
그녀는 부모의 사랑을 받지 못했는데
결혼 실패로 남편의 사랑도 받지 못해 우울증에 빠지게 됩니다.
우울한 샤넬은 늘 혼자였는데 그렇게 혼자 있는 시간 동안
백지에 자신만의 디자인을 해 갔죠.
그것이 샤넬이란 명품 브랜드를 만들어 낸 계기가 됐습니다.
샤넬이 고통스럽지 않았다면
그녀는 자기 일에 성공하지 못했을 거예요.
고통을 잘 활용하는 지혜가 필요할 듯합니다.

말로 잃는 것

"말을 해야 할 사람에게 말을 하지 않으면
사람을 잃게 되구요.
말을 해야 하지 않을 사람에게 말을 하면
일을 잃게 된다."는 말이 있습니다.
말이 사람을 잃게도 하고
일을 잃게도 한다는 사실을 알 수 있는데요.
사람도 중요하고 일도 중요하다고 보면
말을 조심할 수밖에 없겠죠.

그럴 수도 있지

'그럴 수도 있지.' 라고 생각하면
이해하지 못할 일이 없다고 해요.
우리는 그럴 수도 있는 일 때문에
남에게 상처를 주고 또
자신도 상처를 받고 있습니다.
내 마음에 들지 않게 일을 했어도
'그럴 수도 있지.'라고 생각하면
한결 산뜻한 기분을 가질 수 있을 거예요.

아름다운 절약

집안에 안 쓰고 있는 물건이 있다면
다른 사람이라도 사용할 수 있도록
나눠 주는 것이 좋을 듯해요.
나한테는 필요 없는 물건이지만
다른 사람에게는 요긴하게 사용될 수도 있거든요.
인도의 정신적인 지도자 간디에게 이런 일화가 있습니다.
어느 날 간디가 기차를 타다가 그만 신발 한짝을 떨어트렸죠.
그러자 간디는 얼른 나머지 신발을 벗어 차창 밖으로 던졌습니다.
신발은 한쪽만 있으면 아무짝에도 쓸모가 없기 때문에
그 신발을 주운 사람이 온전하게 사용하도록
짝을 맞춰 줬던 거예요.
간디가 얼마나 검소한 생활을 했는지를 알 수 있지요.
요즘 아무리 물질이 풍부해도
절약하는 자세가 필요하다는 생각이 듭니다.

불행은 꿈과 현실 사이의 거리

불행은 꿈과 현실 사이의 거리라고 합니다.
꿈이 이루어지지 않을 때
불행하다는 생각을 하게 되기 때문이죠.
그러니까 불행해지지 않으려면
꿈과 현실 사이를 좁혀야 합니다.
실현될 수 있는 꿈을 갖고
꿈이 실현될 수 있도록 노력하면
그래서 꿈이 곧 현실이 되면
정말 정말 행복하겠죠.

흉터는 삶의 훈장

모든 상처에는 흉터가 남는다고 합니다.
하지만 그 흉터는 우리가 어떻게 받아들이느냐에 따라
삶의 훈장이 될 수도 있고
숨기고 싶은 단점이 될 수도 있다고 해요.
흉터는 상처를 이겨 냈다는 강인함의 흔적이라고 생각하는 것이
상처를 치유할 수 있는 방법이 아닐까요.

보은

책상 서랍에 샤프펜슬과 전자계산기 하나쯤은 다 있을 텐데요.
샤프를 창업한 하야가와 도쿠지는 정말 입지전적인 인물이더군요.
집안이 몰락하는 바람에 두 살 때 입양을 갔는데요.
그 집도 가난해서 학교교육을 받지 못하고
여덟 살 때부터 금은세공 공장에서 일을 했다고 해요.
도쿠지는 스물두 살 때 샤프펜슬을 개발하여
세계적인 상품으로 만들었구요.
그 후에도 라디오, 텔레비전 등을 생산하면서
일본 굴지의 기업으로 성장을 합니다.
그는 성공을 한 후에도 여덟 살 때 일하던
공장 주인을 평생 모셨구요.
어린 시절 자신을 보살펴 준 이웃집 시각장애인 할머니에 대한
고마움을 잊지 못해 장애인들에게 일자리를 마련해 주기 위해
일본 최초로 장애인 공장을 세우기도 했습니다.
도쿠지의 인간적인 면모를 알 수 있는 일화이지요.
도쿠지가 이렇게 성공을 거둘 수 있었던 것은
실패를 두려워하지 않는 도전 정신 때문입니다.
지금도 일본에서는 도쿠지를 존경하는 사람들이 많다고 하는데요.
장애인에 대한 특별한 애정을 갖고 있었다는 것이
그를 더욱 가깝게 느껴지게 하네요.

좋은 결과를 얻으려면

시간의 여유가 많다고 일을 많이 할 수 있는 것은 아닌 듯해요.
집중하면 짧은 시간 안에 많은 일을 할 수 있습니다.
우리 삶도 너무 편안한 것보다는요.
어려움 속에서 긴장을 할 때
더 많은 성취를 할 수 있다고 합니다.
그러니까 힘들더라도 이겨 낸다는 자세로 도전을 하면
더 좋은 결과를 얻어 낼 수 있을 거예요.

꿈은 너무 큰 옷

꿈은 우리에게 너무 큰 옷과 같다고 합니다.
처음에는 맞지 않지만
성장을 하면 어느덧 그 옷이 꼭 맞게 되는데요.
지금 맞지 않는다고
꿈을 벗어 던져서는 안 되겠죠.
꿈의 크기만큼 성장을 하도록
노력하는 것이 중요합니다.

행복한 가정에 있어야 할 5요소

행복한 가정이 되기 위해 필요한 다섯 가지 요소가 있다고 합니다.
우선 이해가 있어야 한다고 해요.
서로를 이해하지 않으면 가족들이 반목하는 일이 생기기 때문이죠.
그리고 용서가 있어야 한다고 합니다.
가족이 용서하지 않으면 남들의 용서를 받기는 더욱 힘들거든요.
또한 가정에는 유머와 안식이 있어야 한다고 해요.
재미있는 얘기로 웃음꽃을 피우면서 긴장된 마음을 풀어 주면서
편안하게 쉴 수 있는 안식이 있어야 한다는 거예요.
끝으로 가정에는 희망이 있어야 한다고 해요.
지금 당장 힘들더라도 잘될 것이라는 희망이 있으면
가정이 행복해질 수 있습니다.
어떠세요?
이해, 용서, 유머, 안식, 희망
이들 다섯 가지로 행복한 가정을 가꾸어 보세요.

최고의 칭찬은 성격 좋다

"좋은 성격은 뛰어난 재능보다 더 훌륭하다."는 말이 있습니다.
재능은 타고나지만
좋은 성격은 만들어지기 때문이라고 해요.
어떠세요.
자기 성격을 고치기 위해 노력한다면
얼마든지 훌륭한 사람이 될 수 있겠죠.
성격이 좋다는 칭찬이
최고의 칭찬이 아닐까 싶습니다.

진짜 부자는 마음의 집이 넓은 사람

우리는 사람들이 무엇을 갖고 있는가를
중요하게 생각하지요.
그래서 그 사람이 얼마나 부자인지를 알아보려고 합니다.
하지만 우리가 알고 있는 부자는 가짜인 경우가 많을 거예요.
진짜 부자는 자기가 살고 있는 집이 호화로운 것이 아니라요.
감싸 주고 사랑해 주는 마음의 집이 넓은 사람이거든요.
아무리 좋은 집을 갖고 있어도
마음의 집이 없으면
그 사람은 가난한 사람이지요.
그리고 아무리 비싼 옷을 입고 있어도
양심이 헐벗었으면 가난해 보입니다.
그래서 부자가 되고 싶으면 마음의 집부터 마련하구요.
옷치장보다는 양심의 옷을 먼저 입어야 합니다.

소통

“내가 남에게 원하는 것을 남에게 먼저 해 주라.”는 말이 있습니다.
그 이유는 상대방도 나와 똑같은 마음을 갖고 있기 때문이죠.
내가 베풀면 그 사람도 바로 나누려고 하는
마음을 갖게 된다고 하는데요.
이런 마음을 소통이라고 하는 것이겠죠.

월트 디즈니의 꿈으로 디즈니랜드 탄생

여러분은 어떤 꿈을 갖고 계세요.
우리는 멋진 꿈을 품고 있기보다는
잘 안 될 거라는 불안감을 더 많이 갖고 있죠.
불안감 때문에 꿈은 발도 못 붙이고 있습니다.
우린 어쩜 어떻게 꿈을 꿔야 하는지 잘 모르고 있는지도 몰라요.
하루도 빼놓지 않고 상상을 하며 그것을 꿈꾸는 사람이 있었어요.
사람들은 그가 헛된 꿈을 꾸고 있다고 비난하기도 했지만요.
그는 그 꿈을 실현시켜 많은 사람들을 꿈의 나라로 초대했어요.
그제야 사람들은 그가 멋진 꿈을 꿨다고 칭찬했습니다.
그가 누군지 궁금하시죠.
바로 디즈니랜드를 만든 월트 디즈니예요.
상상과 꿈이 없었다면 디즈니랜드라는
꿈의 나라를 우리는 즐기지 못했을 겁니다.
당장 실현하기 힘들다 해도
많은 꿈을 꾸고
그 꿈이 이루어진다는 희망을 가져 보세요.
그러면 반드시 그 결실이 꿈처럼 여러분 앞에 펼쳐질 거예요.

나의 잘못부터 보기

자신의 잘못을 인정하고 고치는 데에도 평생이 걸리는데요.
사람들은 자기 자신의 허물은 보지 않고
상대방의 잘못만 비난하지요.
상대방에게 단점이 있는 만큼
자기에게는 더 큰 부족함이 있다는 것을
잊어서는 안 되겠습니다.

어떤 선물

옛날에 한 부자가 살고 있었는데요.
그 부자는 평생을 자신만 위해 살아온 것을 후회하면서
남을 위해 뭔가를 하고 싶다는 생각이 들었어요.
그래서 부자는 큰길가에 구덩이를 파고
그 위에 큰 돌을 올려놓았죠.
사람들은 그 돌을 보고 화를 내며 돌을 피해 갈 뿐
아무도 그 돌을 치우려 하지 않았어요.
그런데 한 젊은이가 끙끙거리며 돌을 옮기기 시작했는데요.
돌 밑 구덩이에 자루가 있는 거예요.
그 자루 속에는 보석이 가득 채워져 있었죠.
그 위에 이런 쪽지가 보였어요.
'남을 위해 큰 돌을 치운 사람에게 주는 상입니다.'
어떠세요?
남을 위하는 마음을 갖고 있으면
반드시 좋은 선물을 받게 된다는 것을 일깨워 주고 있죠.
그 선물이 주는 행복이 남을 위해 수고한 고통보다 더 크다면
그것은 좋은 선물이라고 말할 수 있을 겁니다.

산다는 것은 보물 찾기

산다는 것은 보물 찾기와 같다고 합니다.
어디엔가 숨겨져 있을 행운을 찾는 것이 삶인데요.
우리는 행운을 찾을 생각은 하지 않고
내 손에 행운이 쥐어지기를 바라고 있죠.
그래서 우리 주위에 숨어 있는
보물을 찾지 못하는 것이 아닐까 해요.
행운은 적극적으로 찾아야 하는
보물찾기라는 것을 기억했으면 합니다.

화는 행복을 빼앗는다

1분 동안 화가 나 있으면
1분 동안의 행복을 빼앗기는 것이 된다고 합니다.
화를 낸다는 것은
그만큼 행복을 놓치는 일이 된다는 것을 알 수 있는데요.
행복해지려면
화를 잘 다스릴 줄 알아야겠지요.

베풀면 얻으리라

어려운 사람들이 많이 사는 일본의 어떤 동네에
마주보고 가게가 두 개 있었다고 해요.
한쪽 가게는 늘 손님들이 북적거렸지요.
그 집 주인은 무척 친절했거든요.
손님이 많아 잠시도 쉴 틈이 없었는데
어느 날 맞은편 가게 주인 얼굴에
근심이 가득차 있는 것을 발견했죠.
그때부터 가게 주인은 물건을 절반 정도밖에 주문하지 않고
손님이 오면 맞은편 가게에 가서 사도록 권했습니다.
그러자 점점 가게 손님이 줄어들었고
가게 주인은 쉬면서 독서를 하거나 이런저런 상상을 하며
「빙점」이라는 소설의 줄거리를 만들어 냅니다.
미우라 아야꼬는 가게 손님이 줄어든 덕분에
「빙점」이란 역작을 만들어 낼 수 있었던 것이지요.
미우라의 이웃을 생각하는 마음이
장사를 하던 평범한 여자를 최고의 작가로 만들었습니다.
남한테 베풀면 자기는 더 큰 것을 얻을 수 있다고 말하고 있는데요.
정말 그 말이 설득력이 있지요.
남한테 베푸는 것, 그것은 곧 나를 위한 일이기도 합니다.

사랑과 우정은 치유 효과

사랑과 우정은 치유 효과가 있다고 합니다.
누군가를 사랑하고
우정을 나눌 친구가 있으면
마음이 행복하고
육체적으로도 건강해진다고 해요.
반대로 누군가를 미워하고
주위에 친구 하나 없이 고독하다면 마음이 불행해지고
그로 인해 몸마저 병들게 된다고 합니다.
그러니까 사랑과 우정을 잘 키워 가야겠지요.

새롭게 볼 수 있는 마음

새로운 것을 보는 것만이 중요한 게 아니구요.
모든 것을 새로운 눈으로 보는 것이 정말 중요하다고 합니다.
새로운 것을 찾을 것이 아니라요.
지금 우리 주변에 있는 것을
새롭게 볼 수 있는 마음을 갖는 것이 필요할 듯합니다.

빈틈이 없는 지도자

세계를 움직인 사람들에게는
남다른 노력이 있었다는 생각이 들어요.
소아마비 대통령 루스벨트는 아주 치밀한 성격이었다고 해요.
루스벨트 대통령은 무슨 일로 어떤 사람을 만나느냐에 따라
휠체어를 사용하기도 하고
다리 보조기를 착용하기도 했다고 합니다.
2차 세계대전이 한창일 때 미국과 영국의 정상들이
비밀 회동을 하는 자리가 마련되었는데요.
루스벨트 대통령은 비공개 자리인데도
일어서서 영국의 처칠 수상을 맞이했다고 해요.
왜냐하면 전쟁 종식에 대한 강력한 의지를 보여 주기 위해서였지요.
그런 루스벨트 대통령의 의지가 있었기 때문에
빠른 시일 내에 자유와 평화를 이루어 낼 수 있었다고 합니다.
소아마비 대통령 루스벨트는
정말 빈틈이 없는 지도자였다는 생각이 드네요.

완전한 행복을 알게 하기 위해

위기, 고통, 실망, 아픔…
이런 것들이 자기한테는 생기지 않았으면
하는 바람을 갖게 되는데요.
그런 어려움은 완전한 행복을
알게 하기 위해 필요한 것이라고 합니다.
그러니까 어려움이 생기지 않기를 바랄 것이 아니라
어려움을 이겨 낼 수 있는
용기와 지혜를 갖는 것이 필요하겠지요.

서로 어울릴 때 가장 좋은 느낌이 생긴다

혼자 있을 때 가장 좋은 친구가 되어 주는 것은 음악이죠.
자기가 하는 일에 방해가 되지 않고 옆에서 조용히 지켜봐 주는
친구를 원한다면 연주곡이 좋다고 해요.
클래식을 좋아하지 않는다고 말하시는 분들도 있는데요.
클래식 음악 자체를 좋아하지 않는 것이 아니라
클래식 음악을 들을 수 있는 분위기가 아니어서
싫은 것처럼 느껴지는 거죠.
음악뿐만이 아니라
모든 것이 마찬가지입니다.
서로 어울릴 때 가장 좋은 느낌을 갖게 되니까
서로 어울릴 수 있도록 하는 것이 중요할 겁니다.

걱정을 없애는 방법

카네기가 걱정을 없애는 방법을 제시했는데요.
1단계는 무엇을 걱정하는가
2단계는 내가 할 수 있는 일이 무엇인가
3단계는 어떻게 하기로 결정했는가
4단계는 언제 시작할 것인가를
차례로 생각해 보는 것이라고 했습니다.
이렇게 생각을 펼쳐가다 보면
걱정이 사라진다고 해요.
참, 신기하죠.

변화에 대한 열망으로 세상은 변화한다

세상은 변화에 대한 열망을 가진 사람에 의해
발전돼 왔다고 해요.
세상이 발전하는 것은
변화에 대한 욕망을 행동으로
옮기는 사람들이 있기 때문이죠.
변화는 기회를 만들어 주고
기회는 축복의 도화선이 된다고 하는데요.
축복을 원한다면
변화에 대한 열망부터 가져야 합니다.

자백을 인정하지 않는 유대인 법

유대인의 법에는 자백이 인정되지 않는다고 해요.
물리적인 방법으로 자백을 받아내는 경우가 많기 때문이죠.
사람은 본능적으로 자신에게 불리한 증언은 하지 않거든요.
자백뿐만이 아니라 고백도 종종 진실이 아닐 때가 있는데요.
진실을 당당히 말할 수 있는 용기와
진실을 진실로 받아들이는 용기가 필요한 세상입니다.

아주아주 짧은 동화

짧지만 그 의미는 깊고도 깊은 동화가 있습니다.
세탁소에 새로 들어온 옷걸이에게
오래된 옷걸이가 이런 말을 했어요.
"자기가 옷걸이라는 사실을 한시도 잊지 말라."고 말입니다.
새 옷걸이는 왜 그걸 강조하는지 이유를 물었죠.
그러자 오래된 옷걸이가 이렇게 대답하는 거예요.
"잠깐씩 입혀지는 옷이 자기 신분인 줄 알고
교만해지는 옷걸이를 많이 보았기 때문이야."라고 말입니다.
어떠세요?
사람은 자신의 지위가 영원한 줄 알고
지위를 이용해서 권력을 휘두르는데요.
사실 그 지위는 잠시 걸친 남의 옷에 불과합니다.
이 동화는 바로 이런 사실을 일깨워 주고 있죠.

기적을 만드는 재료

기적을 만드는 재료들이 있다고 합니다.
무언가 되고 싶고, 하고 싶고, 앞으로 나가고 싶고,
위로 오르고 싶고, 삶에 더 많은 의미를 부여하고 싶은
욕망이 바로 기적을 만드는 재료예요.
하고 싶다는 욕망과 해내고야 말겠다는 열망이
기적을 만들어 낸다고 하는데요.
그런 욕망과 열망을 지금 바로 가져 보세요.
그러면 머지 않아 기적 같은 일이 생길 거예요.

희망의 끈

중세 유럽 사람들은 이런 생각을 하고 있었데요.
'나쁜 신이 사람을 무너트리기 위해
무기를 세상에 내려 보냈다.'고 말입니다.
그 무기는 황금과 권력
그리고 술과 성욕이라고 했지요.
그래서 이런 것들을 멀리해야 한다고 가르쳤어요.
그런데 그보다 더 조심해야 할 무기가 있다고
강조한 것이 있습니다.
바로 희망의 끈을 놓지 말라는 거예요.
희망을 놓치게 되면 바람 빠진 풍선처럼
바로 쪼그라져서 아무것도 못하다가 결국 쓰러진다고 했죠.
지금 여러분들의 가슴속에는 희망이
가득차 있는지 살펴보시구요.
희망이 부족하지 않도록 늘
자기 자신을 북돋아 주는 일이 필요할 듯합니다.
희망의 끈을 잡고 있으면 언제라도 날아오를 수 있겠죠.

눈물과 땀

서양 속담에 이런 말이 있습니다.
"눈물로 씻어지지 않는 슬픔은 없구요.
땀으로 해결되지 않는 고통도 없다."는 건데요.
이 말은 정말 우리에게 큰 위안이 되지요.
눈물은 사람을 위로하고
땀은 삶에 대한 보답을 해 주니까요.
눈물과 땀이 있는 한
우리는 행복할 수 있다는 생각이 듭니다.

거짓말도 치료가 필요하다

우리는 건강을 소중히 여기기 때문에
건강에 좋다고 하면 뭐든지 다 하려고 하지요.
하지만 정작 중요한 정신 건강은 소홀히 합니다.
책임과 처벌을 피하고 명예를 지키기 위해
거짓말을 하곤 하는데요.
이 거짓말이 정신을 병들게 한다고 해요.
작은 거짓말이 눈덩이처럼 커지고
그것이 습관화되면 무의식적으로 거짓말을 하기도 합니다.
그러고는 자신의 거짓말을 진짜로 믿는
리플리증후군에 빠지게 되지요.
그래서 신경정신과 전문의들은
거짓말도 치료를 해야 한다고 말합니다.
방치해 두면 반사회적 인격장애가 되구요.
죄의식이 없어져 범죄를 저지를 수 있다고 해요.
거짓말은 자기 자신만 병들게 하는 것이 아니라
우리 사회도 함께 병들게 하기 때문에
빠른 치료가 필요하다는 생각이 듭니다.

좋은 생각은 나쁜 생각을 안 하는 것

'솟아나오는 나쁜 생각을 누르고
퍼져 나가는 못된 생각을 차단하고
자리잡는 부끄러운 생각을 흔들어 깨워 놓으면
좋은 생각이 번져 나갈 것입니다.'
라는 짧은 글을 발견했는데요.
정말 맞는 말이죠.
좋은 생각은 나쁜 생각을 하지 않을 때 생겨나는 것입니다.
자기 안에 있는 나쁜 생각, 못된 생각
그리고 부끄러운 생각들부터 없애야겠습니다.

내일을 준비하는 삶

내일을 생각하지 않는 사람은
오늘이 가기 전에 근심을 하게 된다고 하는데요.
그것은 내일을 준비하지 않았기 때문입니다.
걱정을 줄이는 방법은 계획을 세워서
미리미리 준비하는 것이죠.
준비하는 삶이
행복의 조건이란 생각이 듭니다.

어머니의 가르침

성공한 사람 뒤에는 헌신적인 사랑으로
격려해 준 어머니가 있곤 하죠.
카메라와 필름을 생산하는 코닥 회사를 창업한
조지 이스트먼은 어린 시절 무척 가난했다고 해요.
아버지가 일찍 돌아가셨기 때문에
어머니가 파출부 일을 하면서 세 자녀를 키웠거든요.
고된 삶 속에서도 어머니는 항상
남을 위해 일해야 한다고 가르치셨습니다.
조지 이스트먼은 14세 때
보험회사에서 일을 시작했지만 공부를 게을리하지 않았어요.
그 결과 발명가로, 사업가로 성공할 수 있었지요.
다국적 기업 코닥을 운영하면서
1928년부터 퇴직연금, 생명보험, 장애인복지사업 등을 펼쳐서
세계 굴지의 기업들보다 앞선 기업 문화를 만들었는데요.
조지 이스트먼의 이런 경영 철학은 남을 위해 일해야 한다는
어머니의 가르침에서 나온 것이라고 합니다.

인내의 힘

고난에 처해 있을 때는
그 고난의 터널이 끝없이 이어져서
밖으로 나갈 수 없을 것 같은 생각을 합니다.
한마디로 그 터널을 통과할 수 없을 것 같지요.
그래서 희망을 포기하게 되는데요.
고난의 터널은 반드시 통과된다고 해요.
그러니까 힘들더라도 조금 더 참는
인내가 필요합니다.
고통의 시기를 이길 수 있는 것은
인내밖에 없다고 하거든요.

특별한 관계

사람들은 누군가와 특별한 관계가 되기를 원하죠.
내 얘기를 들어 달라고 하는 것은
당신은 나에게 특별할 수 있다는 의미가 되구요.
그 사람의 이야기를 기억하는 것은
"당신은 나에게 특별해요."라고 말하는 것이 된다고 합니다.
학교에서나 직장에서 얘기를 하고 싶다고
다가오는 사람이 있으면 마음을 열고 받아 주세요.
그냥 재미로 듣고 그 얘기를 다른 사람에게 옮긴다면
특별한 관계가 될 수 없지만요.
그 사람이 한 얘기를 기억하면서 어떻게 됐는지를 물어본다면
당신은 나에게 특별한 사람이라는 확신을 주게 된다고 하네요.
사람은 마음에 맞는 사람과 특별한 관계가 되길 원하는데요.
이렇게 서로에게 관심을 보이는 것이 꼭 필요합니다.

용서를 하면 새로운 꿈이 생긴다

사랑을 전하는 것도 중요하지만요.
마음속에 미움을 없애고 용서를 해 주는 것도
그 못지 않게 중요하지요.
미워하는 마음을 갖고 있으면
마음껏 사랑할 수 없으니까요.
용서를 하면 새로운 꿈이 생긴다고 합니다.
모든 것을 털어내고 꿈을 키우면
그곳에 더 큰 사랑이 움틀 겁니다.

열등감을 희망으로 바꾼 오바마

미국 대통령 오바마의 인기는 퇴임 후에도 계속되고 있는데요.
오바마가 흑백 혼혈이라는 평범하지 않은 상황에서
자신의 꿈을 이룰 수 있었던 것은
열등감을 희망으로 바꾸었기 때문이라고 합니다.
오바마 어머니는 어렸을 때부터
흑인의 장점과 우수성을 가르쳤구요.
흑인이라는 사실은 강인한 사람만이 짊어질 수 있는
영광의 짐이자 위대한 유산이며
운명의 특혜라고 말해 주었다고 합니다.
이런 어머니의 교육이 오바마가 흑인이라는
열등감을 희망으로 바꾸는 힘이 되었지요.
외모나 가정환경 등 이런저런 이유로
열등감을 갖고 있는 분들이 많은데요.
희망을 갖는다면 열등감은 커다란
장점이 될 수 있다는 것을 꼭 기억했으면 합니다.

소중한 일에 최선을 다하면

우리를 슬프게 만드는 것은 소중한 것을 잃고 나서야
그 가치를 알게 된다는 것입니다.
그러니까 슬프지 않으려면
소중한 것을 잃기 전에 그 의미를 발견하면 되겠지요.
나한테 정말 의미 있고 가치 있는 일은
무엇인지 찾아보세요.
그 소중한 일에 최선을 다한다면
후회할 일이 생기지 않을 거예요.

몰두

유난히 관심 있는 분야가 있지요.
곤충학자 파브르는 곤충에 관심이 많았고
자동차왕 포드는 자동차에 빠져 있었습니다.
그리고 발명왕 에디슨은 전기에 몰두해 있었죠.
이렇게 몰두할 수 있었던 것이
최고의 성공을 만들어 냈다는 것을 알 수 있는데요.
여러분은 지금 어떤 일에 몰두하고 계세요.

샤이증후군은 장점이다

수줍움이 많아서 사람들 앞에서 말도 제대로 못하는 분들이 있는데요.
작은 실수에도 얼굴이 화끈거리고 심장이 두근거린다면
그것은 샤이증후군 즉 부끄러움을 타는 것이죠.
그런데 이 샤이증후군은 병도 아니고 장애도 아니라고 해요.
10명 가운데 다섯 명은 부끄러움을 탄다고 하거든요.
그런데 이성과 데이트를 한다거나
여러 사람들 앞에서 브리핑을 할 때
샤이증후군이 나타나면 일을 망치게 되죠.
그래서 사람들은 부끄러움을 타는 것을
좋지 않다고 생각합니다.
하지만 심리학자들은
부끄러움이 사회적 안정장치가 된다고 말하고 있어요.
부끄러움이 없는 뻔뻔한 사람은
범법자가 될 확률이 높다고 하거든요.
그러니까 수줍움이 많은 것을 무능력하게 볼 것이 아니라
좋은 장점으로 생각한다면
샤이증후군은 얼마든지 이겨 낼 수 있습니다.

감사하는 마음

"자기가 가지고 있는 것에 감사하라."고 쇼펜하우어가 말했는데요.
우리는 무엇을 가지고 있는지조차 모르고 있습니다.
언제나 나에게 없는 것만을 생각하거든요.
그래서 없는 것을 구하기 위해
이리저리 애쓰다가 자기가 갖고 있는 것마저
없애는 경우가 있습니다.
행복해지고 싶은 분들은
내가 지금 무엇을 갖고 있는지부터 찾아보고
그것에 감사하는 마음을 가져야겠죠.

증오범죄

자기와 생각이 다른 사람을 보면
나와 맞지 않는다고 멀리하게 되지요.
그런데 자기와 다르다고 증오하는 대상으로 삼아서
이유 없이 테러를 하는 증오범죄가
미국 전역에서 일어나고 있습니다.
증오범죄의 대상은 인종이 다르다거나
종교가 다른 경우가 가장 많았는데요.
놀랍게도 여성과 장애인도 공격의 대상이 되고 있죠.
자기와 다른 사람을 배타적으로 생각하는 편견 때문에
차별하고 배제하는 것도 모자라서 폭행을 하며
목숨까지 위협하는 증오범죄는 인간임을 포기한 행태입니다.
자기와 다르다는 것은 새로운 경험이고
더 멋진 조화를 이뤄 낼 수 있는 에너지가 될 수 있습니다.
다름을 인정하고 모든 사람들이 화합해서
서로 돕는 안전한 포용사회가 되어야 합니다.

주고 또 주면

"참다운 행복은 받는 것이 아니라
주는 것이다."는 말이 있습니다.
그런데 우리는 지금 받고 싶어하고 있죠.
진정 행복해지고 싶은 분들은
내가 남을 위해 무엇을 줄 수 있는가를 생각해야 합니다.
줄 수 있는 것을 찾아 바로 행동으로 옮기면
원하는 행복을 얻을 수 있습니다.
주고 또 주고 한없이 주면
행복의 크기도 점점 더 커지겠지요.

훌륭한 사람으로 기억되도록

위대한 업적을 남기는 것보다 더 중요한 것은
사람들에게 훌륭한 사람으로 기억되는 것이라고 합니다.
우리는 무엇을 했느냐로 사람을 평가하려고 하지만요.
그보다는 어떤 성품을 가진 인물인가로
사람을 평가해야 한다는 건데요.
나는 어떤 사람인지 생각해 봤으면 합니다.
가방 속에 누구나 수첩이 있는데요.
그 수첩에 중요한 약속을 적어 놓게 되지요.
그런데 그 수첩에 꼭 적어 두어야 할 것이 있다고 해요.
바로 자신의 꿈을 문자로 기록해 놓는 겁니다.
꿈을 적을 당시는 실현되기 힘들 것 같지만요.
시간이 지난 후에 그 수첩을 보면
그 꿈은 이미 실현된 것임을 발견하게 되죠.
자기가 하고 싶은 일은 뭔지 수첩에 메모하면서
그 꿈을 실현하도록 노력하는 것이
자기와의 약속을 지키는 일이 아닐까 합니다.

희망은 기다림이다

뭔가를 기다리고 있다면
무엇이든지 받아들일 수 있는
마음의 준비가 되어 있어야 한다고 해요.
우리가 희망을 갖는 것도 하나의 기다림일 텐데요.
좋은 일이 생기기를 희망한다면
욕심을 버리고
열심히 노력하면서 겸손한 마음으로
결과를 조용히 기다리는 것이 좋겠죠.

믿어 주기

우리 사회는 실패한 사람에 대해 무척 냉혹하지요.
두 번 다시 기회를 주지 않거든요.
하지만 실패한 사람을 믿어 줄 때
진정한 성공이 시작된다고 해요.
자신을 믿어 주는 사람을 위해
최선을 다하게 되니까요.
누구나 실패할 수 있습니다.
그리고 누구나 성공할 수 있어요.
그래서 서로 도우며 살아야 하는 것이지요.

마더 데레사 효과

마더 데레사 효과라는 거 들어보셨습니까.
데레사 수녀님은 평생 동안 봉사활동을 하면서
인류를 위해 사랑을 베풀어 왔는데요.
마더 데레사가 세상을 떠난 이듬해인 1998년
미국 하버드대학교 의대 교수가 발표한 논문에
마더 데레사 효과라는 용어가 처음으로 등장했습니다.
직접 자원봉사를 하는 것은 물론이구요.
마더 데레사처럼 선한 일을 하는 사람들의 얘기를 들으면
바이러스와 싸우는 면역물질이 증가한다는 것을
발견하고 이렇게 이름을 붙인 겁니다.
최근 미국 미시간대학교 심리학 교수 스테파니 브라운 박사도
장수 부부에 대한 장수 비결을 연구한 결과
장수 부부의 73%가 봉사하는 삶을 살아왔다는 것을 발견했죠.
남을 위해 베풀어 주는 사람은 그렇지 않은 사람들에 비해
오래 살 확률이 두 배 높았다는 연구 결과를 얻었는데요.
이것으로 마더 데레사 효과가 입증된 겁니다.
남에게 베풀면서 착하게 살면
건강하게 오래오래 살 수 있다는 것을 알 수 있는데요.
선한 마음으로 봉사를 하며 살았으면 합니다.

순서를 바꿔서 하면 된다

우리는 해야 할 일과
하고 싶은 일 사이에서 방황하고 있는데요.
해야 할 일을 먼저 하고 나면
하고 싶은 일을 할 수 있는 날이 온다고 해요.
그런데 우리는 해야 할 일은 하지 않고
하고 싶은 일을 먼저 하기 때문에
두 가지 일을 다 하지 않은 결과가 되고 말지요.
일의 순서를 바꾼다고 생각해 보세요.
해야 할 일을 먼저 하고
하고 싶은 일을 나중에 한다고 말입니다.
그러면 두 가지 일을 다 할 수 있게 될 거예요.

감옥을 연옥으로

어떻게 마음을 먹고 어떻게 행동하느냐에 따라서
감옥도 연옥이 될 수 있지 않나 싶습니다.
알카트라즈의 한 감옥에 무기징역을 선고받고
복역 중인 죄수가 있었는데요.
그가 세계적인 조류학자가 됐습니다.
그 유명한 조류학자 로버트 스트라우드가 바로 그 주인공이예요.
독방에서 가혹한 나날을 보내고 있는데
우연히 다리를 다친 참새 한 마리가 날아 들어왔죠.
로버트는 참새를 정성껏 돌봐 주어 완쾌를 시켰습니다.
로버트는 그때부터 새에 관심이 생겨서
독학으로 새에 대한 지식과 기술을 쌓아 가기 시작했죠.
그의 독방은 새장으로 채워져 갔어요.
로버트는 40년을 복역했지만 삶이 전혀 지루하지 않았다고 해요.
조류에 대해 연구하기 좋은 환경이라서 오히려 도움이 됐습니다.
로버트 스트라우드는 새의 질병에 관한 권위자가 됐는데요.
만약 로버트가 복역을 하며 아무것도 하지 않았다면
대단히 불행한 삶을 살았을 거예요.
어떤 환경이건 자신의 삶에 최선을 다하면
그 어떤 고통도 이겨 내고 더 좋은 결과를 이끌어 낼 수 있을 거예요.

역경은 정복된다

역경을 산에 비유하곤 하는데요.
그 이유는 정복할 수 있기 때문이라고 해요.
산을 정복할 때는 힘이 들지만요.
그 산을 다 오르고 나면
정상이라는 최고의 기쁨을 맛보게 되지요.
지금 어렵다고
포기할 것이 아니라
역경을 정복하고야 말겠다는
투지가 필요할 듯합니다.

목표와 나와의 거리

우리나라를 대표하는 지휘자 금난새 선생님이
유학 시절 음악회에 갔을 때 이런 결심을 했다고 해요.
가난했던 그는 가장 저렴한 입장료의 좌석에 앉아서
음악회를 감상하며 지휘자를 향해 이렇게 중얼거렸죠.
"나와 당신의 거리는 15m일 뿐이다.
나도 반드시 그 자리에서 명품 지휘를 할 것이다."라고 말예요.
그렇죠. 목표가 그렇게 먼 곳에 있는 것은 아닙니다.
목표를 향해 꾸준히 노력하다 보면
그 거리가 점점 좁혀져서 어느덧 그 목표점에 서 있는
자신을 발견할 수 있을 거예요.
사람들은 상대방을 지금의 모습으로 평가하지만요.
그가 얼마나 노력하고 있는가를 보고,
그의 미래를 판단해 보는 것이 현명하지 않을까 합니다.
지금 우리 모두에게 필요한 것은 목표를 향한 노력이지요.
노력하는 사람은 반드시 목표에 도달할 수 있다는 것을
꼭 기억했으면 합니다.

결점을 드러내자

자신의 결점을 숨기려고 하는 사람들이 있지요.
숨기면 사람들이 모를 것이라고 생각하기 때문인데요.
사실은요.
결점을 숨기면 사람들은
훨씬 더 나쁜 상상을 한다고 해요.
그래서 차라리 내 결점은 이런 것이다 하고
밝히는 것이 훨씬 긍정적인 평가를 받게 된다고 합니다.
결점을 드러내는 용기가 필요하겠지요.

흔들리지 않는 의지가 지혜를 만든다

"가장 훌륭한 지혜는 단호한 의지이다."라고
나폴레옹이 말했습니다.
나폴레옹은 큰 일을 치룰 때마다
단호한 의지로 승리를 이끌어 냈거든요.
승리의 지혜가 따로 있었던 것이 아니라
흔들리지 않는 의지가 지혜를 만들어 냈던 것입니다.
의지가 강하면 지혜도 생긴다는 것을 알 수 있지요.

슈만의 바이올린협주곡

우리가 익히 알고 있는 음악가 가운데
특별한 사연이 있는 사람이 있어요.
로베르트 슈만은 피아노 연주곡만 작곡했었는데
바이올린협주곡을 딱 한 편 작곡한 적이 있지요.
슈만이 바이올린협주곡을 작곡했을 때
그는 우울증을 앓고 있었다고 해요.
이 바이올린협주곡은 슈만이 자신의 정신적 문제를
음악적 창작열로 이겨 내고자 했던 시기의 작품이어서
완성도가 완벽하다고 말할 수는 없다고 합니다.
그래서 슈만의 부인은 이 곡을 그의 작품이라는 것을 숨겼다고 해요.
남편의 명성에 나쁜 영향을 미칠 것을 우려했기 때문이죠.
그래서 슈만의 바이올린협주곡은 슈만이 세상을 떠난 후
80년이 지나서야 세상에 알려졌습니다.
슈만은 우울증에서 벗어나기 위해 이 곡을 작곡했기 때문에
이 곡에 대한 애정이 남달랐지만
슈만의 병력이 세상에 알려지는 것을 두려워했던
가족들에 의해 이렇게 오랜 세월 빛을 보지 못하고 있었죠.
아픔을 음악으로 치유하기 위해
새로운 도전을 한 슈만이야말로 진정한 음악가가 아닌가 싶습니다.

강한 사람은 인내심이 강하다

강한 사람과 약한 사람을 구분하는 기준이 뭘까요.
힘일까요.
아니면 능력일까요.
요즘 흔히 말하는 카리스마일까요.
그것은 바로 인내심이라고 합니다.
강한 사람은 인내심이 강한 사람이고
약한 사람은 참을성이 없는 사람이라고 해요.
인내심을 길러야
강한 사람이 될 수 있다는 것
기억해 두셨으면 합니다.

용기와 열정이 필요하다

새로운 일을 하려면 그리고 많은 일을 하려면
용기와 열정이 필요하다고 해요.
일을 하다 보면 실패를 하지 않을 수 없는데,
실패와 맞서 싸우려면 용기가 있어야 합니다.
그리고 열정은 그 일을 계속하게 하는 에너지가 되죠.
그래서 어떤 일을 하다가 중도에 포기하는 것은
그 일에 대한 열정이 없기 때문이라고 해요.
진정한 용기는 실패의 위협에 좌절하거나 타협하지 않고
어떤 어려움 속에서도 다시 일어서는 강한 의지입니다.
우리 삶을 알차게 발전시키기 위해서는
진정한 용기와 아름다운 열정을 꼭 갖고 있어야겠죠.
지금부터 용기와 열정으로 최선을 다한다면
정말 기적과 같은 일을 이루어 낼 수 있을 거예요.

좋은 일을 떠올리자

사람은 좋았던 기억은 다 잊어버리고
힘들었던 일만 기억하지요.
힘들고 지친 마음을 치유하는 방법은
자기에게 있었던 좋은 일들을
다시 떠올려 보는 거래요.
그러면 자기도 모르게 힘이 생겨서
다시 현실과 부딪히며
어려움을 이겨 낼 수 있다고 합니다.

믿음만 있으면

가정 환경 때문에 청소년들이 탈선을 한다고 생각하지요.
하와이 군도 북서쪽에 인구 3만 명밖에 안 되는
카우아이라는 섬이 있는데
이곳은 가난한 사람들이 모여 살고 있는 좌절의 땅이었어요.
미국의 심리학자 에미 워너 박사는 그곳의 아이들을 대상으로
10년 이상 추적 조사를 실시했는데요.
그 결과 열악한 환경에 있던 아이들의 3분의 1은
아무런 문제도 일으키지 않고 좋은 환경에서 자란 아이들보다
더 모범적으로 성장한 것으로 나타났어요.
에미 워너 박사는 이 의외의 결과에 대한 이유를 찾아보았는데요.
모범적으로 자란 아이들에게 한 가지 공통점을 발견하게 됐죠.
그것은 바로 이 아이들을 끝까지 믿어 준 사람이
한 명씩 있었다는 것이었어요.
부모든 할머니나 할아버지든 그것도 아니면 친척들 가운데라도
그 아이가 어떤 행동을 해도 믿어 주고
편을 들어주는 사람이 있었던 거예요.
어려운 환경을 이기고 일어서게 해 주는 것은
지지와 믿음이란 것을 알 수 있는데요.
우리는 아이들을 너무 믿어 주지 않는 것이 아닐까 싶네요.

반짝이는 눈

사랑하는 사람을 쳐다볼 때 눈이 반짝이는 까닭은
그 안에 사랑이라는 보석이 있기 때문이라고 해요.
사랑하는 사람의 그 반짝이는 눈빛은
온갖 시름이 봄눈 녹듯 한순간에 사라지고
새로운 힘과 희망이 솟아나게 하지요.
힘들 때 사랑하는 사람의 눈을 쳐다보면 힘이 생길 거예요.

센 강가의 고서 노점상

프랑스 파리의 센 강변에 가면 노점상이 있는데요.
놀랍게도 책을 파는 노점상이 많다고 해요.
특히 고서를 파는 고서 노점상이 눈에 많이 띄죠.
파리 센 강변 고서 노점상을 지키기 위해 노력한
사람이 있었기 때문에 오늘날까지 이어진 전통이 됐다고 합니다.
1921년 노벨 문학상을 수상한 프랑스 작가 아나톨 프랑스는
센강으로 산책을 나가곤 했는데요.
고서 노점상에 손님이 점점 없어져서
고서 노점상이 문을 닫는 곳이 많아졌죠.
아나톨은 센강의 고서 노점상을 지키기 위해 산책을 나갈 때마다
가장 팔리지 않는 책들을 사서 사람들에게 나눠 줬습니다.
노벨 문학상 수상 작가의 이런 노력이 세상에 알려져
정부에서 고서 노점상을 보호하기로 했구요.
센강의 일부를 아나톨 프랑스 강변으로 이름지었습니다.
이렇게 전통을 살리려는 작가의 노력이 있어
프랑스 파리가 예술의 도시가 되지 않았나 싶습니다.

서로 다르기 때문에 발전한다

서로의 생각이 다를 수 있다는 것을
인정하는 것이 필요하다고 합니다.
하지만 사람들은 자기 생각만 옳다고 주장하지요.
그래서 편견이 생기고 그 편견 때문에 차별이 발생하는 거예요.
우리는 다르다는 것을 차이로 보지 않고
잘못된 것으로 보는 거예요.
사람은 서로 다르기 때문에 발전할 수 있는 것
꼭 기억했으면 합니다.

문제는 사회 인식에 있다

과학자 노벨과 뉴턴 그리고 수학자 피타고라스
또 철학자 파스칼과 소설가 도스토옙스키
우리가 익히 잘 알고 있는 위인인데요.
이들이 장애를 갖고 있었다는 사실은 잘 모르실 거예요.
이들이 공통적으로 갖고 있었던 장애는 간질입니다.
예전에는 간질을 갖고서도 위대한 업적을 남겼었는데
왜 현대는 그들이 사회 낙오자가 됐을까요?
그것은 그들이 능력이 없어서가 아니라
간질에 대한 부정적인 인식이 낙인을 만들었기 때문이죠.
그래서 최근 간질을 뇌전증으로 명명하기로 했습니다.
뇌전증은 생각보다 흔한 병이고
얼마든지 생산적인 활동을 할 수 있다고 합니다.
이런 낙인에서만 벗어난다면 우리 사회에서도
훌륭한 업적을 남기는 뇌전증 장애인들이
얼마든지 탄생할 수 있을 거예요.
문제는 장애에 있는 것이 아니라
사회 인식에 있다는 것을 기억했으면 합니다.

가장 큰 공백

인생에서 가장 큰 공백은 아는 것과
행동하는 것 사이에 있다는 말이 있습니다.
한마디로 실천이 부족하다는 뜻이지요.
우리 인생에 생기는 공백은 아는 것을
실천하지 않아서 생기는 것이라는 사실을 생각해 보면요.
실천이 얼마나 중요한가를 알 수 있는데요.
지금부터 실천의 시간이 됐으면 합니다.

인재들이 원하는 기업 문화는 감성

사회가 발전할수록 중요한 기능을 하는 것은
인적 자원이라고 해요.
원시사회 때는 천연자원이 풍부하면 되지만요.
현대는 뛰어난 인재가 있어야
국가를 부강하게 만들 수 있다고 합니다.
그래서 각 기업마다 인재를 키우려고 노력하고 있는데요.
많은 인재들이 기업을 떠나고 있다고 해요.
한 경제연구소에서 인재가
기업을 떠나는 이유에 대한 분석을 했는데요.
눈길을 끄는 이유가 하나 있었어요.
다름 아닌 기업 분위기가 감성이 없는
메마른 문화일 때 떠나고 싶다는 거예요.
인재는 감성이 풍부한 분위기 속에서
더 능력을 발휘한다는 것을 알 수 있지요.
어디 기업뿐이겠어요.
사람이 있는 모든 곳에
서로 공감할 수 있는 감성이 필요합니다.

힘이 되는 말

노래 가사에도 있지요.
"넌 할 수 있어."라는 말이요.
이 말은 미국의 루스벨트 대통령이 장애를 갖고
의기소침해져 있을 때 그의 아버지가 한 말이라고 해요.
루스벨트는 왕성한 정치 활동을 하다가
소아마비 바이러스로 장애가 생겼는데요.
갑작스럽게 몸이 불편해지자
성격이 내성적으로 바뀌고 사회 활동을 꺼려했지요.
그런 모습을 보고 있던 아버지가 아들에게 한 말이
바로 "프랭클린, 넌 할 수 있어."였습니다.
루스벨트는 그 말에 힘을 얻어 정계에 진출할 수 있었구요.
결국 미국의 대통령이 되지요.
훨체어 대통령의 힘은 "넌 할 수 있어."라는
말에서 생기지 않았나 싶은데요.
이렇게 힘이 되는 말이 필요하단 생각이 듭니다.

잘될 것이다

에이브러햄 링컨의 말이 생각납니다.
"어떤 일이 주어졌을 때 사람들은
그 일을 어떻게 할 것인지 방법을 찾으려고 애쓰지만요.
그 전에 먼저 해야 할 일이 있다."고 말입니다.
그것은 바로 '할 수 있다. 잘될 것이다.'
하는 생각부터 하는 거죠.
그러면 어떻게 할 것인지에 대한
방법을 찾게 된다고 합니다.

코미디언 조시 블루의 장애

장애 때문에 더 많은 사랑을 받는 사람이 있습니다.
미국에 새롭게 떠오르는 스타 코미디언 조시 블루는
뇌성마비장애를 갖고 있죠.
그는 어눌한 목소리로 오른쪽 팔을 계속
주먹을 날리듯이 움직이며 개그를 하는데요.
그런 팔의 움직임은 뇌성마비로 근육을 통제할 수 없기 때문인데
그는 그것을 뇌성마비 펀치라며 개그 소재로 사용하고 있어요.
사람들은 그의 개그에 폭소를 터트리면서
동시에 감동을 받기 때문에 조시 블루를 좋아한다고 해요.
그는 장애인올림픽 축구선수, 화가 그리고 배우 등
다양한 경력을 갖고 있어요.
그는 대학에서 문예창작을 공부했는데 대학 오픈 마이크 무대에서
처음으로 개그를 선보여 사람들의 인정을 받았습니다.
그 후 조시 블루는 코미디 경연대회에서
당당히 우승을 차지해 정식으로 데뷔를 했죠.
그는 현재 미국의 주요 채널을 넘나들며 방송을 하고 있고
전국 순회공연에서도 매진 행진이 이어지고 있습니다.
그의 삶을 담은 영화 〈조시 블루〉가 만들어지기도 했죠.
뇌성마비 때문에 더 큰 웃음을 선사할 수 있는
조시 블루야말로 멋진 인생의 주인공입니다.

진심으로 대하는 것이 설득의 법칙

우리의 생활은 늘 사람과 부딪혀서
해결해야 할 문제들이 많습니다.
그래서 상대방을 잘 설득시킬 수 있는 사람이
큰 능력을 발휘하지요.
사람을 설득시킬 때
그 사람의 약점을 건드려서는 안 된다고 합니다.
그러면 어떻게 설득을 해도 효과가 없다고 해요.
그저 진심으로 대하는 것
그것이 설득의 법칙입니다.

수어 마을

인구가 1만 5천 명 정도인 작은 마을이
여름에는 7만 명을 훌쩍 넘는다고 해요.
바로 여름휴가를 즐기기 위해 찾아오는 관광객 때문이죠.
미국 메사추세츠주에 속해 있는
작은 섬마을 마르타 빈야드가 바로 그곳인데요.
마르타 빈야드는 미국 대통령 여름 별장이 있어서
더욱 화제가 되고 있죠.
그런데 이 아름다운 휴양지 마르타 빈야드는 농아인 마을입니다.
한때는 마을 주민 4명 가운데 한 명이
청각장애인일 정도로 청각장애인이 많이 살았다고 하네요.
그들은 마르타 빈야드 수어를 만들어서
사용할 정도로 자존감이 컸다고 합니다.
마르타 빈야드 수어에는 농아를 장애라는 개념이 아닌
보통의 의미로 표현하고 있어요.
그러니까 이 마을에서는 청각장애가 장애가 아닌 것이죠.
이 마을에서는 청각장애인을 위해 수어를 배우고 있다고 해요.
청각장애인과 소통하기 위해서는 수어가 필요했기 때문이죠.
마르타 빈야드처럼 장애라는 개념이 없어지는 마을이
전 세계로 확대되었으면 합니다.

기쁨을 맞이할 준비

수많은 사람을 감동시키고 있는 시인 릴케가 이런 말을 했어요.
"슬픔 앞에서 놀라지 말라."고 말입니다.
당신 내부에서 더 큰 행운이 만들어지고 있기 때문에
그 슬픔은 곧 누그러진다고 했죠.
이 말이 정말 큰 용기를 줍니다.
작은 슬픔에 짓눌릴 것이 아니라
우리 안에 있는 행운이 더 커지도록 힘을 키우면서
기쁨을 맞이할 준비를 했으면 합니다.

천재 작가를 만든 건

"시를 쓰기 위해 펜을 잡거나 그림을 그리려고 붓을 들고
작품을 창작해 낼 때 그것에 취해
고통을 이겨 낼 수 있었다."고 말하는 작가가 있습니다.
바로 독일의 천재 작가 헤르만 헤세인데요.
헤세는 선교사인 아버지 때문에 신학교에 들어가지만
신경쇠약증에 걸려 정신요양원에서 생활하며
우울한 청소년기를 보내지요.
그러다 헤세는 서점에서 일을 하며 시를 쓰기 시작합니다.
첫 시집이 좋은 반응을 얻으며 문학가로서 성공하게 되지만요.
독일의 정치적 상황과 가정 문제로 정신장애를 갖게 됩니다.
그는 안정을 찾기 위해 그림을 그리기 시작하는데요.
글쓰기와 그림 그리기는 헤세를 치유해 주는 유일한 탈출구였어요.
헤르만 헤세는 평생 정신장애로 고통을 당했지만
정신장애는 그의 예술적 영감을 불러일으켜 주기도 했죠.
이렇게 장애는 더 큰 일을 하게 하는 에너지가 되기도 합니다.

쉼표는 인생의 새로운 출발

우리 인생에 마침표는 없다고 합니다.
뭔가 힘든 일이 생기면 사람들은
모든 것을 끝내 버리고 싶어하는데요.
그럴 땐 쉼표를 찍어서
그것을 이겨 내려는 노력을 해야 한다고 해요.
쉼표는 인생의 새로운 출발을 의미합니다.
그러니까 잠시 쉰다는 것은 희망을 키우는 일이죠.
우리의 삶에 가끔 쉼표를 찍을 필요가 있다는 생각이 듭니다.

오바마 장애인정책 특별보좌관

미국 오바마 대통령이 장애인정책 특별보좌관을 임명했습니다.
시카고 변호사 출신의 카램 데일이 맡았는데요.
데일은 시각장애인이예요.
젊은 나이에 로펌 회사를 세운 실력가입니다.
오바마 대통령과는 오랜 친분이 있다고 해요.
오바마 대통령이 시카고 상원의원이던 시절
장애인정책위원회에서 활동을 했구요.
대통령 선거 캠프에서도 장애인정책 위원장을 지냈죠.
데일은 이제 대통령 특별보좌관으로
장애인들의 목소리를 대통령에게 전하고 미국 장애인들이
평등한 권리를 누릴 수 있도록 하겠다고 소감을 밝혔습니다.
대통령 장애인정책 특별보좌관을
시각장애인으로 임명한 것은 커다란 의미가 있죠.
오바마 대통령의 장애인복지에 대한 의지를 엿볼 수 있는데요.
대통령 장애인정책 특별보좌관 제도는 우리나라도 필요합니다.

완성은 탑이 아니라 동그라미

우리는 뭔가를 빨리 완성시켜야 한다는 초조한 생각을 하고 있죠.
하지만 완성이란
서두른다고 이루어지는 것이 아닙니다.
완성은 성숙해 가는 과정이지
성공을 뜻하는 것은 아닌데요.
사람들은 완성을 성공으로 생각하기 때문에
완성에 초조해합니다.
완성은 탑을 쌓는 것이 아니라
동그라미를 그리는 것이 아닐까 해요.

영국 정치권이 잠시 싸움을 멈춘 이유

영국 정치권이 잠시 싸움을 멈추었는데요.
그 이유가 뭔지 아세요?
보수당 데이비드 캐머린 당수가 장애인 아들을 잃었기 때문입니다.
고든 브라운 영국 총리는 정치는 서로를 갈라놓게 하기도 하지만
슬플 땐 서로 돕고 서로 뭉치는 인간적인 유대감이 있다며
캐머린 당수를 위로했습니다.
엘리자베스 2세 여왕도 캐머런 부부에게
애도의 서한을 보냈다고 해요.
여섯 살밖에 안 된 장애아의 죽음에 영국 전체가 애도하는 것은
캐머런 당수가 아들 이반을 늘 자랑스러워했기 때문이죠.
캐머런 당수는 이반 때문에
세상을 바로 볼 수 있게 됐다고 고백하기도 했습니다.
장애 자녀를 당당하게 세상에 알리면
세상도 그 아이를 소중하게 여겨 준다는 것을 알 수 있는데요.
우리나라 부모들도 이런 당당함을 배웠으면 합니다.

행복과 불행은 왼손과 오른손과 같다

행복과 불행은 왼손과 오른손이라고 합니다.
무슨 뜻이냐 하면요.
사람은 양손을 다 사용해야 능률적으로 일을 할 수 있듯이
행복과 불행도 함께하면서
새로운 발전을 만들어 간다는 거예요.
그리고 늘 행복하지도 않고
그렇다고 늘 불행한 것도 아니란 의미도 담겨져 있습니다.
이처럼 모든 사람이 함께했을 때
비로소 행복해지는 것이 아닌가 합니다.

10분 더 노력하기

"하루에 10분씩만 더 부지런해도 남보다 앞설 수 있습니다."
미국의 대통령 가필드는 대통령 취임사에서
10분을 잘 활용하는 미국인이 되자고 호소를 하며
자신의 경험을 말해 주었어요.
학창 시절 1등만 하는 친구가 있었는데요.
유심히 관찰을 해 보니까 그 친구 기숙사 방의 불이
자기보다 10분 나중에 꺼진다는 것을 발견했죠.
그 친구가 가필드보다 10분 더 노력했던 것이
가필드를 제치고 1등을 할 수 있었던 이유였어요.
가필드는 그 후 매사에 10분씩 더 노력했고
그 결과 미국의 대통령이 될 수 있었던 겁니다.
10분씩 더 노력하기, 우리도 한번 실천해 봤으면 합니다.

능력은 의지다

우리는 능력 있는 사람을 좋아하지요.
그런데 그 능력이란 것이 뭔지 생각해 보신 적이 있나요.
에머슨은 능력에 대해 이런 말을 했어요.
"진짜 능력은 재능이 아니라 의지다."라고 말입니다.
의지가 없으면 아무리 좋은 재능을 갖고 있어도
그 능력이 발휘되지 않기 때문이죠.
그러니까 능력이 없는 것이 아니라
의지가 없는 것이라고 생각하는 것이 옳지 않나 싶네요.

가장 중요한 건 눈에 보이지 않는다

생텍쥐페리의 어린왕자는 많은 사실을 독자들에게
가르쳐 주는데요. 이런 내용이 나옵니다.
여우가 어린 왕자에게 말하죠.
"가장 중요한 건 눈에 보이지 않는단다."
이 말을 기억하기 위해 어린 왕자가 되뇌입니다.
"가장 중요한 건 눈에 보이지 않는단다."라구요.
다시 되뇌이게 하면서까지 작가가 이 말을 꼭 전하고 싶었던 이유는
우리는 눈에 보이는 것에 연연해하고 있기 때문입니다.
눈에 보이지 않는 중요한 것도 있다는 사실을 기억했으면 합니다.

모든 사람의 행복을 빌어야 행복해진다

"모든 사람의 행복을 빌고
모든 사람을 똑같이 사랑하라."는 말이 있습니다.
그런데 우리는 나 자신의 행복을 빌었고
모든 사람을 똑같이 사랑하지 않았기 때문에
행복과 멀어지고 있는 것이지요.
행복해지고 싶다면
모든 사람의 행복을 빌고
모든 사람을 똑같이 사랑하라는 것
꼭 기억했으면 합니다.

자유가 소중했던 철학자

독일의 대철학자 스피노자는
라이프지히대학 총장으로 오라는 제안을 거절했죠.
스피노자는 렌즈를 깎는 일로 생계를 유지했는데요.
그 일을 죽을 때까지 놓지 않았다고 해요.
스피노자가 왜 대학 총장 자리를 거절했는지
주위 사람들이 궁금해했는데요.
스피노자는 대철학자답게 이렇게 말했다고 해요.
"대학 총장이 되면 생각이 자유롭지를 못해서
철학적 사고를 할 수 없기 때문입니다."라고 말예요.
오늘을 사는 우리들은
자리에 너무 연연해하는 것이 아닌가 싶습니다.

마음의 황금률

모든 예술은 황금률로 나누어졌을 때
아름다움의 극치가 표현된다고 하는데요.
우리 마음도 이 황금률이 필요하다고 해요.
마음을 욕망으로 꽉 채워서 과욕을 부리면
좋지 않은 일이 생긴다는 거예요.
자기만의 황금률로 나누어서 마음을 비워 두면
자기도 모르는 사이에 좋은 일들이 하나둘씩 일어난다고 합니다.
그러니까 좋은 일을 기대하려면
우선 마음부터 황금률로 나눠서 비우는 일을 먼저 해야겠죠.

곱해지는 가족 사랑

요즘은 가족 수가 점점 줄어들어서
핵가족을 넘어 1인가구도 많은데요.
예전에 대가족일 때는 정말 가족 수가 많았죠.
그렇게 많은 식구들이 한집에서 살면
얼마나 복잡할까 싶어서 대가족은 힘들다는 생각을 합니다.
하지만 가족이 많아야 사랑이 넘친다고 해요.
가족 하나하나의 사랑이 더해지는 것이 아니라
곱해지기 때문에 남들이 생각할 수도 없는
큰 사랑이 만들어지거든요.
그래서 가족이 많은 것은 걱정거리가 아니라
오히려 사랑 부자로 자랑을 해도 좋을 듯해요.
가족의 사랑은 더해지는 것이 아니라 곱해진다고 하니까
대가족 시절이 그리워지네요.

마음 운동

뭔가 마음에 들지 않으면 불평을 하게 되는데요.
불평을 하기 전에 하나, 둘, 셋을 세는 것이 좋다고 해요.
그러면 불만스런 마음이 줄어들거든요.
불평을 하면 더 큰 불평거리가 생기기 때문에
불만이 생기면 그것을 표현하지 말고
셋을 세면서 참는 것이 현명하겠죠.
참고 인내하는 것은 마음 운동이 아닌가 합니다.

서로 다르기 때문에 아름답다

요즘처럼 아파트가 빽빽이 들어서지 않았을 때는
집집마다 꽃밭이 있었어요.
그 꽃밭은 담 둘레에 꽃을 심어서 생긴 것인데요.
꽃밭을 만들 때
앞쪽에는 키가 작은 채송화를 심고
뒤쪽에는 키가 큰 해바라기가 위치하지요.
그런 배열에 꽃들은 불만이 없었던 듯해요.
각자 자신의 위치에서 예쁜 꽃을 피웠으니까요.
이렇게 서로 다름을 인정한다면
함께 있을 때 더욱 아름다울 수 있을 거예요.

세상에서 가장 중요한 세 가지

세상에서 가장 중요한 시간은
'바로 지금'이구요.
세상에서 가장 중요한 사람은
'가장 가까이에 있는 사람'
그리고 세상에서 가장 중요한 일은
'지금 하는 일'이라고 해요.
그러니까 우리는 세상에서 가장 중요한 세 가지를
모두 갖고 있는 것이지요.
그런데 마치 아무것도 갖고 있지 않는 양 생각하기 때문에
우리는 세상에서 가장 소중한 것들을
잃고 있다는 생각이 듭니다.

눈웃음

사람을 대한다는 것이 쉬운 일은 아니죠.
상대방의 기분이 어떤지 알기 위해 눈치를 살피는데요.
눈치라는 단어에서도 알 수 있듯이
사람들은 상대방의 눈을 보면서
그 사람의 기분 상태를 파악하게 된다고 해요.
그래서 가장 먼저 웃어야 할 부분이 눈이라고 합니다.
눈이 웃어야 상대방 마음을 안심시킬 수 있고
그래야 우호적인 관계가 유지되기 때문이죠.
하지만 억지로 웃으려면 입은 웃는데 눈이 웃질 않죠.
눈은 긍정적인 마음을 갖고 상대방을 존중해야 웃을 수 있거든요.
그런데 이런 눈웃음이 사람들에게 희망을 준다고 하니까요.
눈이 웃을 수 있도록 마음을 편안히 갖고
상대방을 긍정적으로 바라보는 것이 필요할 듯합니다.

진정한 사랑과 낭만적인 사랑

마가렛 앤더슨이 사랑에 대해 이런 말을 했어요.
"진정한 사랑은 연인이 잘되길 바라는 거구요.
낭만적인 사랑은 연인이 옆에 있기만을 바란다."고 말예요.
그래서 진정으로 사랑한다면
연인을 위해 이별까지도 해 주는 것이죠.
물론 이별 없는 사랑이 행복하지만요.
사랑하는 사람을 위해
고통을 감수하는 멋진 사랑을 하는 분들이
많았으면 합니다.

관복을 입은 도둑

채근담에 이런 말이 나옵니다.
"벼슬을 하고 있어도 백성을 사랑하지 않으면
관복을 입은 도둑과 같구요.
큰 일을 하고도 덕을 베풀지 않으면
잠시 피었다 지는 꽃과 같다."고 말입니다.
벼슬을 하는 사람은 백성을 사랑해야 하구요.
큰 일을 한 사람은 덕을 베풀어야 하겠죠.

사랑은 순수할 때 가장 아름답다

사랑이 시작될 때 사람은 가장 행복하다고 합니다.
그때는 사랑하는 사람에게
아무것도 원하지 않고 아무것도 계산하지 않기 때문에
사랑에 대한 순수한 기쁨으로 충만해 있기 때문이죠.
하지만 사랑을 하면서 조금씩 불행을 느끼게 됩니다.
사랑하는 사람에게 원하는 것이 생기고
사랑을 자꾸 계산하게 되거든요.
이미 순수한 마음을 잃은 거지요.
"순수한 마음으로 사랑하지 않으면 사랑이 기쁨을 주지 못한다."고
셰익스피어가 말했는데요.
사랑은 순수할 때 가장 아름답다는 것을 알 수 있습니다.

나무가 그늘을 만드는 이유

"나무는 자기를 위해 그늘을 만들지 않는다."는 말이 있습니다.
나무가 커지면 그늘이 더 넓어져서
많은 사람들에게 시원한 자리를 마련해 주죠.
거목이 큰 그늘을 만들 듯이
거목처럼 위대한 사람이 되면
많은 사람들을 보살필 수 있습니다.
어쩌면 많은 사람들에게 도움을 주다 보니까
거목이 됐는지도 모르겠네요.

말을 다스려야 세상을 다스릴 수 있다

마음을 다스리면
세상을 다스릴 수 있다고 하는데요.
마음을 다스리기 위해서는
말을 다스려야 한다고 해요.
요즘 정치인들은 말을 다스리지 못해
세상을 다스릴 수 있는 힘을
얻지 못했다는 생각이 드네요.

기쁨의 소리

채근담에 이런 말이 나옵니다.
"추녀 끝에 걸어 놓은 풍경은
바람이 불지 않으면 소리를 내지 않는다."구요.
바람이 불어야만 비로소 풍경이 그윽한 소리를 내듯이
우리 인생도 너무 평탄하면 기쁨이 무엇인지 알지 못한다고 해요.
힘든 일이 있기 때문에 비로소 기쁨을 알게 된다는 뜻이지요.
지금 고통의 바람이 분다면
머지 않아 기쁨의 소리가 들리겠구나 하고
살포시 미소를 지어 보세요.
그러면 정말 기쁜 소식이 들려올 겁니다.

자신감으로 무장

머리에서 발끝까지 사람을 빛나 보이게 하는 것은
자신감이라고 합니다.
당당하게 미소 짓고, 어깨를 펴고 활기차게 걷는 것만으로도
충분히 자신감을 얻을 수 있다고 해요.
온몸을 비싼 명품으로 치장을 한다 해도
자신감이 없으면 빛이 나지 않는다는 얘기가 되겠죠.
자신감으로 자신을 치장해 보세요.
그러면 훨씬 빛이 날 거예요.
자, 당당하게 미소 짓고, 어깨를 활짝 펴세요.
이제 좀 자신감이 생기시죠.

칭찬의 황금률

여러분은 칭찬을 어떻게 하세요?
칭찬에도 황금률이 있다고 합니다.
누구나 다 아는 사실을 칭찬하지 말구요.
여러 사람에게 같은 칭찬을 해서도 안 된다고 해요.
그리고 칭찬과 동시에 부탁을 하는 일도
칭찬을 무의미하게 만들죠.
무조건 칭찬할 것이 아니라
이런 칭찬의 황금률을 지키면 칭찬의 효과가 높아질 거예요.
그런데 마음에서 우러나와 칭찬을 하면
이런 황금률이 저절로 지켜지지 않을까 싶어요.
칭찬을 많이 하면서
서로에게 힘이 돼 줄 수 있었으면 합니다.

미래 사회의 경제는 소유가 아닌 관계

미래 사회의 경제원칙은
소유가 아니라 관계라고 합니다.
소유는 영원한 재산이 아니지만요.
관계는 영원히 소유할 수 있기 때문에
가장 안전한 재산이지요.
지금부터 소유하려고 애쓰지 마시구요.
좋은 관계를 맺으려고 노력해 보세요.
그래야 진정한 부자가 될 수 있을 거예요.

나를 지배하다

사람들은 자기가 다른 사람들의
지배를 받는다고 생각하지만요.
자기를 지배하는 사람은 바로 자기 자신이지요.
자기 마음대로 게으름도 피우고
자기가 원하면 부지런해지기도 합니다.
안 좋은 일이 생기면 다른 사람을 탓하는데요.
따지고 보면 결국 자기 탓이죠.
그래서 모든 일에 스스로 책임을 져야 합니다.
나는 내 지배를 받아 움직인 것이니까요.
나를 지배하는 것은 나 자신이란 생각을 한다면
삶에 더 자신이 생길 거예요.
지배자의 등등한 기세로 자기 인생을 지배해 보세요.
"잘 해야 한다."라고 나 자신에게 명령하는 거예요.

탈바꿈

괴테가 이런 말을 했어요.
"현재의 상태로 사람을 평가하는 것은 모독이다."라구요.
사람의 미래에는 많은 희망이 있기 때문입니다.
자기 자신도 지금의 상태로 좌절하고 포기하는데요.
그건 정말 어리석은 일이죠.
우리의 미래는 우리가 원하는 대로
열릴 수 있다는 자신감을 갖는 것이 필요합니다.
성공한 사람들의 과거를 보면
하나같이 보잘것없었던 시절이 있었어요.
번데기가 나비가 되듯이 사람도 몇 차례
탈바꿈을 하면서 발전을 합니다.
어떤 모습으로 변할지 알 수 없는 것이 사람인데요.
멋진 모습으로 탈바꿈될 것이란 기대로
희망을 갖는 것이 어떨까요.

세상에 나를 맞추자

세상이 자기에게 맞춰 주길 바라면
자신은 세상의 주인이 되지 못한다고 해요.
하지만 세상에 자기를 맞추는 사람은
언젠가 세상을 이기는 힘을 갖게 되기 때문에
당당히 세상을 호령할 수 있다고 합니다.
이 말은 상대방이 자기한테 맞춰지길 바라지 말고
자기가 상대방에 맞추는 것이
그 사람을 자기 편으로 이끌 수 있는
힘이 된다는 것으로 해석할 수 있겠죠.

존경은 수수한 옷을 입은 사랑

사랑이 사람을 좋아하게 되는 데는 여러 가지 이유가 있지요.
그 사람을 정말 좋아하게 되는 가장 큰 이유는
존경하는 마음이 있기 때문일 거예요.
그 사람에게서 자기와 다른 멋진 면을 발견했을 때
부러움과 함께 닮고 싶은 마음이 생기는데
이것이 바로 존경이죠.
존경은 수수한 옷을 입은 사랑이래요.
그래서 소리를 지를 정도로 눈이 부시지는 않지만
은은한 매력으로 우리 가슴을 서서히 감동시킵니다.
수수한 아름다움으로 사랑을 느끼게 하는 사람들이
많았으면 합니다.

목적에 의해 살아가는 사람

세상에는 크게 두 부류의 사람이 있다고 해요.
하나는 충동에 의해 살아가는 사람이고
다른 하나는 목적에 의해 살아가는 사람이라고 합니다.
여러분은 어느 쪽에 속하시나요.
목적을 갖고 살아야
자신을 위해, 또 사회를 위해
큰 일을 할 수 있죠.
충동이 아닌 목적을 갖고 사는
현명한 사람이 됐으면 합니다.

생각이 고이면

잘못된 생각을 바꾸지 않는 것은
흐르지 않는 물을 담고 있는 것과 같다는 말이 있습니다.
자신의 생각이 올바른지 늘 점검해야 하구요.
만약 자신의 생각이 잘못됐다면
바로 고칠 수 있어야 합니다.
그래야 생각이 발전할 수 있죠.
우리 생각이 고인 물처럼 정체돼 있다면
고인 물이 썩듯이 우리 생각도 굳어 버릴 수가 있어요.
생각이 굳는다는 것은 편견을 갖고 있다는 뜻인데요.
편견은 발전의 최고 방해물입니다.
생각이 자유로워야 변할 수 있고
또 변해야 발전할 수 있습니다.

유쾌함은 축제이다

"유쾌한 마음은 자기 자신뿐만 아니라
다른 사람에게도 계속되는 축제와 같다."고 존 러벅이 말했는데요.
정말 맞는 말이죠.
우울한 마음으로 인상을 잔뜩 쓰고 있으면
자신도 괴롭고
보는 사람도 마음이 편치 않습니다.
유쾌한 생각을 가지면
나도 즐겁고 다른 사람도 편해질 수 있으니까요.
유쾌한 마음으로 생활했으면 합니다.

세 잎 크로바

오래된 책을 꺼내 보다가
책갈피에 꽂혀 있는 네 잎 크로바를 보았어요.
네 잎 크로바의 네 번째 잎은 행운을 뜻하죠.
하지만 행운은 쉽게 찾아오지 않아서
늘 갈증을 느끼게 합니다.
그런데 세 잎 크로바의 세 번째 잎이 무엇을 뜻하는지 아세요.
바로 행복입니다.
그러니까 세 잎 크로바만으로도 충분히 행복할 수 있다는 뜻입니다.
행운만 찾지 마시구요.
지금 자기가 가지고 있는 행복을 충분히 느껴 보세요.

시간은 맞춤복

시간은 기성복이 아니라 맞춤복이란 말이 있습니다.
이 말은 시간은 상대적이란 거죠.
어떤 사람은 하루가 짧게 느껴지고
또 어떤 사람은 하루가 길게 느껴지는데요.
그것은 시간을 어떻게 사용하느냐에 따라
상대적으로 흘러가기 때문입니다.
그러니까 시간을 맞춤복처럼 자기가 원하는 대로
알차게 사용하라는 뜻입니다.

지금 가장 소중한 것

여러분에게 지금 가장 소중한 것이 뭐냐고 묻는다면
아마 자기가 갖고 있지 않은
이런저런 것들을 떠올리실 겁니다.
만약 그 소중한 것을 원하는 만큼 얻는 대신
지금 가지고 있는 것을 잃게 된다면
그토록 간절히 원했던 것이 전혀
소중하지 않다는 것을 알게 될 거예요.
왜냐하면 지금 가지고 있는 모든 것이
자기한테는 다 필요한 것이거든요.
사람들은 자기한테 없는 것만 귀하게 여기는데요.
지금 자기가 가지고 있는 것이
더 소중하다는 것을 알아야겠습니다.

함께 걷는 것

카뮈가 이런 말을 했습니다.
"나보다 앞서서 걷지 말라."구요.
그러면 따라가지 못할 수도 있으니까요.
"그리고 내 뒤도 따라오지 말라."고 했어요.
이끌어 줄 수 없을지도 모른다구요.
"그저 내 옆에서 함께 걸어 달라."고 했는데요.
우리 모두가 원하는 것도
바로 이렇게 함께 걷는 것입니다.

생각이 자유로워야 한다

과학이 발전하려면 상상력이 뛰어나야 한다고 해요.
그래서 아인슈타인이 이런 말을 했어요.
"법칙을 깨는 상상력에서 과학이 출발한다."고 말입니다.
과학뿐만이 아니라 우리 생활 자체가
새로운 변화를 요구하고 있지요.
일정한 틀에 갇혀서 늘 같은 생각을 하고
그 생각에 따라 행동한다면
발전을 기대하기 힘들 거예요.
생각이 자유로운 사람이
우리 사회에 더 큰 공헌을 할 수 있습니다.

꽃이 아름다운 이유

꽃이 아름다운 것은
각자 다 다른 모습을 하고 있기 때문이라고 해요.
아름다운 것은 개성에서 나온다는 것을 알 수 있는데요.
사람도 마찬가지죠.
모두가 똑같은 모습을 하고 있으면
결코 아름답지 않을 거예요.
어떤 개성을 갖고 있느냐가
진정한 아름다움으로 꽃피워지지 않을까 싶습니다.

사람이 아름다운 이유

사람이 아름다운 이유는
선한 마음이 있기 때문이라고 합니다.
그래서 남을 돕는 사람을 보면
자신도 모르게 그 사람을 닮고 싶다는 생각을 하지요.
선한 마음을 갖고 있는 사람이 아름답습니다.

이것 또한 곧 지나가리라

큰 승리를 거둬서 기쁨을 억제하지 못할 때
스스로 자제할 수 있고
큰 절망에 빠졌을 때 좌절하지 않고
용기를 얻을 수 있는 말이 있습니다.
"이것 또한 곧 지나가리라."
이것은 지혜의 왕 솔로몬이 한 말인데요.
기쁨도 절망도 오래가지 않는다는 겁니다.
그러니까 이기고 있다고 자만에 빠져서도 안 되고
실패했다고 좌절해서도 안 되겠죠.
희망만 있으면 언제나
행복할 수 있을 것이란 생각이 듭니다.

옳은 것이 가장 쉽다

"옳은 것이 가장 쉽다."는 말이 있습니다.
옳지 않게 하기 때문에 일이 어려워지는 것이죠.
정직하면 손해를 본다는 이상한 생각 때문에
부정한 방법으로 접근을 해서
일이 복잡해지고
더 어려워지는 것이 아닐까 싶어요.
매사에 정직하게 옳은 방법으로 최선을 다하면
일이 쉽게 풀릴 거예요.

2위라는 광고

요즘은 광고가 홍수를 이루고 있죠.
멋진 말로, 아름다운 모델로
고객의 관심을 끌어모으려고 안간힘을 쓰고 있는데요.
미국의 한 기업이 이런 광고를 내서 화제가 되었었죠.
자신들이 2위라고 고백한 것인데요.
최고가 아니라는 것이 고객들에게 신뢰심을 줘서
이 광고로 그 회사는 당장 1위에 오를 수 있었다고 합니다.
서로가 최고라고 자랑하고
내용이 과장된 허위광고가 남발하고 있는데요.
광고도 진실해야 사람들에게
호응을 얻을 수 있다는 것을 알 수 있습니다.

세 가지 후회

나이가 들면서 후회하게 되는 것, 세 가지가 있는데요.
첫째는 좀 더 참을 걸 하는
인내심의 부족을 후회하게 되구요.
둘째는 좀 더 즐겁게 살 걸 하면서
각박하게 산 것에 대한
아쉬움이 생긴다고 해요.
그리고 셋째는 사람들에게 베풀면서 살지 못한 것을
참회하게 된다고 하죠.
이런 후회가 생기지 않도록
참으면서 즐기면서 그리고 베풀면서
사시기 바랍니다.

사랑과 이해

사람들이 가장 좋아하는 말은 사랑이구요.
우리가 흔히 쓰는 말은 이해라고 해요.
하지만 이것을 제대로 사용하지 못하는 경우가 많습니다.
잘못된 것을 이해해 달라고 하고
순수하지 못한 사랑이 남발되고 있으니까요.
진정한 이해는 아름다움의 시작이구요.
순수한 사랑은 행복의 씨앗입니다.
그래서 사랑하는 마음으로 이해하려고 노력한다면
세상이 아름답고 사람들은 더욱 행복해질 거예요.
모든 사람들이 진정으로 이해하고
진심으로 사랑할 수 있었으면 합니다.

가장 아름다운 얼굴

이 세상에서 가장 아름다운 얼굴은
감사해하는 마음을 가질 때 나타나는 표정이라고 합니다.
마음속에 진실로 감사함이 생기면
웃지 않아도 얼굴이 환해지고
상대방 마음을 움직이게 만든다고 해요.
아름답고 싶은 분들은
늘 감사하는 마음으로 생활해야겠죠.

능력의 샘

어려운 일이 생기면
우리는 누군가가 도와주기를 원하지요.
하지만 남의 힘을 빌리면
그 일은 완전히 해결이 되지 않습니다.
늘 남의 도움을 기다리게 됩니다.
고통을 이겨 낼 수 있는 힘은 자기 안에 있다고 해요.
자기 안에 있는 힘은 샘물 같아서 써도 써도 마르지 않지만요.
다른 사람의 힘은 얼마 가지 않아서 고갈돼 버립니다.
힘이 들 때는 자기 안에 있는 능력의 샘을 파 보세요.
그러면 힘이 샘물처럼 솟구쳐 오를 거예요.

소신은 마음의 용골

인생을 항해에 비유하는데요.
배의 뾰족한 앞부분에 무거운 쇠를 붙여 놓는 것은
풍랑을 만났을 때 배가 기우뚱거리다가도
바로 제자리를 찾는 기능을 하기 때문이죠.
그 부분을 용골이라고 하는데요.
우리 마음의 중심을 바로잡아 주는
용골이 필요하지 않을까 싶어요.
살다 보면 어려운 일에 부딪힐 때가 많은데요.
분명한 소신을 가지면 무슨 일이 있어도 흔들리지 않고
마음을 바로잡을 수 있는 용골이 될 겁니다.

어진 사람과 어리석은 사람

어진 사람은 자기 눈으로 직접 본 것을 말하지만요.
어리석은 사람은 귀로 들은 것을 얘기한다고 해요.
확인되지 않은 사실을
마치 자기가 본 듯이 말하기 때문에
어리석은 사람이 되는 것이죠.
자기가 본 대로 말한다면
그것이 곧 현명해지는 방법이라고 합니다.

미래를 묻자

우리는 상대방을 알기 위해 무슨 공부를 했고
무슨 일을 하고 있는지 과거를 묻게 되는데요.
상대방에 대해 잘 알려면
미래의 꿈이 무엇인지를 물어봐야 한다고 해요.
그래야 그 사람이 어떤 사람인지를 알 수 있거든요.
앞으로 사람을 만나면 과거보다는
미래에 대한 얘기를 더 많이 나누었으면 합니다.

겸손으로 단장

시인 토머스 무어가 한 말을 생각해 보게 됩니다.
겸손은 낮은 곳에서 천국의 모든 미덕을 싹 틔우는
감미로운 뿌리라고 했는데요.
겸손에서 모든 미덕이 나온다는 것을 알 수 있습니다.
그래서인지 겸손과 인간이란 말은 흙이란 라틴어
휴머스에서 파생됐다고 해요.
사람은 흙을 떠나서는 살 수 없을 뿐더러
흙처럼 자신을 낮추는 것이 겸손이기 때문에
사람은 겸손하게 살아야 한다는 거죠.
겸손으로 우리를 단장한다면
훨씬 아름다운 모습이 될 수 있을 거예요.
겸손한 사람한테서는 우리의 고향 같은
흙냄새가 나지 않을까 싶네요.

유쾌한 사람

언론인 데일 카네기가 이런 말을 했어요.
"유쾌한 사람은 자기 일에만 몰두하는 사람이 아니고
때론 자기 일을 제쳐놓고 다른 사람을 위해
열정을 쏟는 사람이다."라고 말예요.
그래요. 정말 가끔씩 자기 일에서 벗어나
어려운 분들을 위해 앞장서서 일해 주는
그런 유쾌한 사람이 됐으면 합니다.

남에게 베푼 배려로 자신을 지킨다

사람은 능력이 있어서가 아니라
남에게 베푼 배려로
자신을 지켜 가는 것이라고 합니다.
그런데 어떻습니까
우리는 자신을 지키기 위해
능력을 키워야 한다고 생각하지요.
남을 배려하는 것이
자기 자신을 지키는 일입니다.

행복의 효과는 같다

길은 오르막길과 내리막길이 있는데요.
오르막길을 오를 때는 혈중 지방이 없어지구요.
내리막길에서는 혈당이 없어진다고 합니다.
오르막길이나 내리막길이나
콜레스테롤 수치를 낮추는 효과가 있는 거죠.
인생의 오르막길에서는 승리에 대한 겸손을
인생의 내리막길에서는 실패의 교훈으로 희망을 얻게 되기 때문에
인생의 오르막길이건 내리막길이건
느끼는 행복의 효과는 같다고 봅니다.
지금 내리막길에 있다 해도 행복으로 가는 길이라고 생각하세요.

자기 수양이 필요

행복은 깊이 느끼고 자유롭게 생각할 줄 알고
삶에 도전하고 남에게 필요한 사람이 될 줄 아는
능력에서 나타난다고 합니다.
곰곰이 생각해 보니까 누구나 할 수 있는 일이 아닐까 해요.
끊임없이 도전하면서 자기 발전을 이루어 가고
다른 사람을 위해 봉사하는 것이 행복인데요.
자기 발전을 했는데도 봉사를 하지 않는다면
결코 행복할 수 없다는 것을 알 수 있습니다.
행복해지기 위해 우선 자기 수양이 필요한데요.
자기 수양을 위해서는 깊이 느끼고
자유롭게 생각할 수 있는 능력을 갖추어야 하지 않을까 싶습니다.

성공의 비결은 없다

흔히들 성공의 비결을 묻곤 하는데요.
성공의 비결은 없다고 합니다.
해야 할 일을 열심히 하고
해서는 안 될 일을 절대로 하지 않는 것이
성공으로 이끄는 힘이 된다고 해요.
해야 할 일과
해서는 안 되는 일을
분명히 하는 것이 필요하겠지요.

진정한 리더십

요즘 리더십에 대한 얘기를 많이 하는데요.
진정한 리더십에 대해 이런 말이 있습니다.
"리더는 단지 효율적으로 일 처리하는 사람이 아니라
올바른 일을 하는 사람이다."라고 합니다.
"리더는 목표 달성을 위해 수단과 방법을 가리지 않는
사람이 아니라, 올바른 가치관에 따라 움직이는
사람이다."라는 말도 있죠.
또 "리더는 자기의 장단점을 정확히 알고
자기의 약점을 극복하기 위해 노력하는 사람이다."라고 하는데요.
이런 리더가 우리 주위에 얼마나 있을까요.

반대에 대항하는 힘

사람들은 추진력이 있는 사람을 칭찬하지요.
그런 사람들이 일을 잘 하고
성공할 수 있다고 생각하는 거예요.
그런데 그 추진력은 어디에서 나오는지 아세요.
바로 그 일을 하겠다고 했을 때
실패할 거라고 말린 사람 때문에 생긴 것이라고 해요.
성공할 수 있다는 것을 보여 주려고
있는 힘을 다해 추진을 한 것이거든요.
반대에 대항하는 힘이 추진력이 된다면
멋진 성공을 이룰 수 있겠지요.

용기가 있으면 능력이 생긴다

윈스턴 처칠이 이런 말을 했습니다.
"우리가 가진 모든 자질을 보장해 주는 것은 용기입니다."라구요.
용기가 있으면 우리가 갖고 있는 능력이
100% 발휘될 수 있기 때문이죠.
능력이 없다고 탓할 것이 아니라
도전하겠다는 용기를 갖는 것이
우선돼야 하지 않을까 합니다.

자선은 당연한 일

히브리어에는 자선이란 뜻을 가진 단어가 없다고 합니다.
대신 '체다카'라는 단어가 있는데요.
이것은 '해야 할 당연한 행위'라는 뜻이라고 해요.
그러니까 남을 돕는다는 것은
좋은 일이 아니라 당연히 해야 할 일입니다.
자선을 착한 사람들만 하는 것이 아니라
모든 사람들이 당연히 해야 할 일이 됐으면 합니다.

자기로부터 시작

동양 속담에 이런 말이 있습니다.
"자기 자신에게 이기는 것이
자유를 얻는 가장 좋은 방법이다."라고 말입니다.
그리고 "자기 자신을 억제하는 것, 그것이 다른 사람의
지배를 받지 않는 가장 좋은 방법이다."라고 했습니다.
다른 사람의 지배를 받는 것은
자기 자신을 억제하지 못했기 때문이구요.
자신의 삶이 얽매여 있다고 생각하는 것은
자기를 이기지 못했기 때문입니다.
모든 것이 자기 자신에게서 시작한다는 것을 알 수 있지요.

사랑을 받는 방법

사람은 누구나 사랑받고 싶어하는데요.
어떻게 해야 사랑스러워지는지 소개하는 글을 읽었어요.
첫째, 거울 속의 자신을 보고 미소를 짓는 거래요.
자기 자신에게 웃어 주어야
다른 사람들도 자기를 보고 웃는다는 거예요.
둘째, 사람들에게 칭찬의 말을 건네주라는 것은
그 칭찬에 상대방이 당장 호의적인 태도를 보이기 때문이죠.
셋째, 잘못을 인정하고 잘한 일에 침묵하래요.
그러면 사람들이 호감을 갖게 된다고 합니다.
이 세 가지를 당장 실천하면
좋은 일이 많이 생기지 않을까 싶네요.

사람은 요술쟁이

사람은 요술쟁이래요.
슬퍼서 눈물 흘리다가도
기쁜 일이 생기면 바로 웃을 수 있으니까요.
사람은 다양한 감정을 갖고 있기 때문에
그만큼 고통도 크다고 합니다.
우리를 괴롭히는 것은 고통 그 자체가 아니라
미묘한 감정 때문이죠.
특히나 감정의 기복이 심한 사람들은
기쁨과 슬픔의 차이가 커서
본인도 괴롭고 다른 사람들에게도 피해를 줍니다.
우리 감정을 다스릴 수 있는 힘을 키워야
고통이 줄어들 수 있을 거예요.

두 배의 축복

셰익스피어가 이런 말을 했습니다.
“베푸는 것은 한계가 없어서
하늘에서 보드라운 비처럼 떨어지고
그곳에 두 배의 축복을 선물한다.”고 말예요.
선행은 아무리 많이 해도 지나치지 않고
베푼 것보다 더 많은 것을 받게 된다는 뜻인데요.
어려운 분들을 위해 베푸는 넉넉한 마음이 필요합니다.

협력하면 성공한다

헨리 포드가 이런 말을 했습니다.
“모이는 것은 시작이고
함께 있는 것은 발전이며
협력하는 것은 성공이다.”고 합니다.
모여서 함께 협력하는 것이
얼마나 중요한 일인지를 알 수 있지요.

하고 싶다는 그 한 가지 이유

사람들은 자신이 하고 싶은 일을 할 수 없는 이유를 열심히 찾지요.
그리곤 하고 싶은 일을 못했다고 한탄합니다.
그 일을 하고 싶다는 그 한 가지 이유만으로도
충분히 그 일을 해낼 수 있다고 해요.
할 수 없는 이유는 핑계에 지나지 않구요.
하고 싶다는 욕망에서 열정을 뿜어내면
할 수 있는 능력이 생긴다고 하니까요.
먼저 자기가 하고 싶은 일이 무엇인가를 찾아내는 것이 시급하겠죠.

하루를 정리하면서

하루를 정리하면서 자기 자신에게 물을
세 가지 질문이 있다고 합니다.
'상냥했는가, 친절했는가, 할일을 다했는가?' 하는 질문인데요.
여러분들도 한번 이 질문을 스스로에게 해 보세요.
그러면 자기가 얼마나 무뚝뚝했는지
또 얼마나 불친절했는지
그리고 할일을 다하지 못했다는 반성을 하게 될 거예요.
이런 반성이 자기 자신을 상냥하고 친절하고
또 성실한 사람으로 만들어 갈 수 있다고 하네요.

실패에 중요한 정보가 있다

세계적인 경영사상가 말콤 글래드웰은
"실패야말로 소중히 여겨야 한다."고 했어요.
실패에 더 중요한 정보가 담겨 있다는 겁니다.
그래서 실패는 성공의 단초가 되는 것이 아닐까 해요.
지금 실패했다면 성공이 기다리고 있다는
좋은 조짐이 아닐까 싶습니다.

사람, 사람, 사람

윈스턴 처칠이 이런 말을 했어요.
“모든 사람에게 예절 바르고
몇 사람에게 친밀하고
한 사람에게 벗이 되고
아무에게도 적이 되지 말라.”고 말입니다.
꼭 새겨둘 필요가 있을 듯합니다.
모든 사람들에게 할 수 있는 것과
단 한 사람에게 할 수 있는 일이 있구요.
또 아무에게도 해서는 안 되는 일이 있다는 것을
잘 설명해 주고 있으니까요.

길 만들기

내 앞에는 길이 없지만
내 뒤에는 길이 만들어진다고 합니다.
자신이 만든 길을 따라 많은 사람들이 따라올 텐데요.
힘들더라도 잘 만들어서
따라오는 사람들이 힘들지 않게 해 줘야겠지요.
지금 우리들은 길을 만들고 있는데요.
정말 소중한 일이 아닐까 싶습니다.

목표가 있는 사람

목표가 있는 사람은 늘 즐겁다고 해요.
그 목표를 달성하는 꿈을 늘 꾸니까요.
그 목표에 다다랐을 때 실망하는 일이 있어도
그 과정이 즐거운 거죠.
그런데 우리는 과정보다는 결과를 중요시하기 때문에
목표를 향해 가는 과정의 즐거움을 모르고 있어요.
과정이 즐거우면 결과도 좋은 것이니까요.
목표를 향해 꿈을 꾸고
그 꿈이 이루어진다는 희망을 갖는 과정의 즐거움을
마음껏 즐기시기 바랍니다.

웃음의 효과

요즘 웃음의 효과에 대한 얘기가 화제가 되고 있죠.
웃으면 아픈 것도 나을 수 있구요.
웃으면 지도력도 생긴다고 해요.
그래서 많이 웃는 사람이 성공한다고 합니다.
이렇게 효과가 좋은데 사람들은 왜 웃지 않는 걸까요.
만족해할 줄 모르기 때문이죠.
작은 일에도 감사해하고 만족하면
저절로 웃음이 난다고 합니다.
많이 웃으시기 바랍니다.
그러면 피곤도 사라지고
사람들에게 좋은 이미지를 심어 줄 수 있을 거예요.

최부잣집의 재산 원칙

경주 최부잣집은 12대에 걸쳐 300년 가까이 부를 누렸는데요.
그렇게 오랫동안 재산을 유지할 수 있었던 것은
재산을 만석 이상 모으지 않고
만석이 넘으면 이웃에 나눠 주었기 때문이라고 합니다.
지나친 욕심을 부리지 않고
베푸는 것이 진짜 부자가 되는 방법이 아닐까 합니다.

까다로운 시험

옛날 사람들은 사람을 부릴 때
아주 까다로운 시험을 봤다고 해요.
뜻밖의 질문을 해서 지혜로움을 보구요.
급한 약속을 해서 신용도를 살펴봤다고 합니다.
그리고 위급한 일을 알려 주고 절개를 시험했죠.
이렇게 옛날 군자들은 사람 됨됨이를 마음으로 평가했었는데요.
요즘은 눈에 보이는 외모를 기준으로 삼기 때문에
사람을 제대로 알아보지 못할 때가 많지 않나 싶어요.
그 사람만이 갖고 있는 능력과 인격을
소중히 여길 수 있었으면 합니다.

지금 바로 출발

성공의 길을 여행하기 위한
정해진 출발점은 없다고 합니다.
그리고 어떤 길을 걸었는지도 상관 없다고 해요.
중요한 것은 지금 바로 출발하는 것이죠.
성공을 위해 우리가 할일은 출발하는 것입니다.

상어의 숙명

바다에 사는 수많은 물고기 가운데 유독 상어만 부레가 없습니다.
부레가 없으면 가라앉기 때문에 잠시라도 멈추면 죽게 되죠.
그래서 상어는 태어나면서부터 쉬지 않고 움직여야만 했는데요.
그 결과 바다 동물 중 가장 힘이 센 강자가 되었어요.
부족한 것이 오히려 더 큰 힘을 갖게 했는데요.
부족한 것을 원망할 것이 아니라
보완하기 위해 노력하는 것이 현명하다는 것을 알 수 있습니다.

감정은 전염된다

자기 기분을 알고 싶으면
자기 주위 사람들의 얼굴을 살펴보세요.
즐거워하는 사람들 사이에 있으면
자기도 모르게 기분이 왠지 좋아지구요.
반대로 불안해하는 사람 가까이 있으면
덩달아 뭔지 모를 불안감이 들지요.
이런 현상을 감정의 전염이라고 하는데요.
사람의 감정은 개인적인 심리 현상에서 그치는 것이 아니라
사회적으로 작용하는 특성이 있습니다.
심리학자들은 실험을 통해 이 사실을 밝혀냈는데요.
우리도 충분히 공감할 수 있는 내용이죠.
자기 기분이 나쁘면 그것이 다른 사람에게도
영향을 준다는 것을 생각해 보면요.
자기 감정을 함부로 내비칠 것이 아니란 생각이 드네요.

속도가 아닌 방향

인생에서 중요한 것은 속도가 아니라 방향이라고 합니다.
그런데 사람들은 모든 일을 빨리빨리 성취하고 싶어하지요.
하지만 속력을 내서 달리다 보면 위험에 빠지게 됩니다.
속도를 조절하면서 내가 지금 어디로 가고 있는지를
생각해 봤으면 합니다.

자기 것으로 만들려면

완전히 자기 것으로 만들려면
받아들일 준비가 필요하다고 합니다.
마음의 준비 없이 무조건 소유하려고 하기 때문에
온전히 자기 것이 되지 못하는 것이죠.
준비 없이 손에 쥐면 내 것이 아니라는 것
기억해 두셨으면 합니다.

대화법

뜻하지 않은 일로 싸움이 일어나거나
미움을 받는 일이 생기기도 하는데요.
왜 그런 일이 생겼을까 곰곰이 생각해 보면
자기가 한 말 때문에 생긴
오해에서 비롯되었다는 것을 알 수 있습니다.
그런데 그 오해는 왜 생겼을까요.
바로 자신이 하고 싶은 말만 하고
상대방의 말은 듣지 않았기 때문입니다.
우리의 대화는 대개 일방적이어서
내용이 잘못 전달될 우려가 있어요.
대화는 서로 말이 오고 가야 그 뜻이 충분히 전달될 수 있죠.
그러니까 하고 싶은 말이 있을 땐 자기 뜻을 전한 다음에
반드시 상대의 말을 들어주는 것이 필요합니다.

곱해지는 효력

자신의 상상과 의지가 합해지면
그 힘은 더해지는 것이 아니라 곱해지는 효력이 있다고 합니다.
상상만 하고 그것을 이루고자 하는 의지가 없으면
결과물이 생기지 않죠.
하지만 상상력에 의지가 보태지면 못해 낼 일이 없습니다.

사람을 믿는 것

영웅이 되는 비결은 사람을 믿는 것이라고 합니다.
사람에 대한 믿음 때문에 기회를 주고
기회가 만들어 준 성공들이
자신을 영웅으로 만들어 주는 거죠.
사람을 믿으면 그 시너지 효과가
폭발적으로 나타날 수 있다는 것을 알 수 있는데요.
의심해 보기 전에 먼저 믿는 것이 필요하겠죠.

인디언 풍습

옛날 인디언에게 이런 풍습이 있었다고 해요.
1년에 한 번씩 자기가 가지고 있는 물건 가운데
가장 값진 것을 주위 사람에게 선물하는 거예요.
그렇게 아낌 없이 베풀면 사람들에게 존경을 받았다고 해요.
이런 풍습, 지금 우리들에게도 필요하단 생각이 들어요.
우리는 물건을 기증할 때 자기한테 불필요한 것을 내놓는데요.
물건은 상대방이 필요로 하는 것을 주어야
좋은 선물이 될 수 있습니다.
상대방이 진실로 원할 때
자기한테 소중한 것을 나누어 줄 수 있어야
진정한 사랑의 실천이 될 수 있을 거예요.

인생은 채워 가는 것

러스킨이 이런 말을 했습니다.
"인생은 흘러가는 것이 아니라 채워 가는 것이다."고 말예요.
나 자신을 어떻게 채워 갈 것인가 고민하면서
자신을 만들어 가는 것이 인생이 아닐까 합니다.

화가에게 장점이 된 단점

우리는 장점과 단점을 구분하는 버릇이 있는데요.
단점이라고 해도 반드시 자기에게 해가 되는 것은 아닌 듯해요.
단점 때문에 천재성을 발휘하기도 하거든요.
하버드대학의 신경생물학자인 마가렛 리빙스톤은
유명한 화가들의 특성을 연구한 결과
많은 사람들이 사시였다는 사실을 발견했죠.
네덜란드 최고의 화가 렘브란트나
스페인의 입체파 화가 피카소 등이 모두 사시였거든요.
사시는 3차원의 실물을 2차원의 화폭으로 옮기는데
큰 도움이 되는 것으로 밝혀졌어요.
이렇게 다른 사람들에게 단점으로 보이는 것이
자신의 일에는 큰 장점이 될 수도 있습니다.

인생의 크럭스를 잘 넘기자

산악 용어에 크럭스가 있는데요.
산 정상에 가까워졌을 때
오르기 힘든 고비가 반드시 한 차례 있다는 거예요.
우리 인생도 마찬가지죠.
성공을 눈앞에 두고 좌절이 찾아오는데요.
이 고비를 넘겨야 목표를 이룰 수 있습니다.
인생의 크럭스를 잘 넘기는 용기와 지혜가 필요할 듯합니다.

꾸준한 끈기

끈질기게 문을 두드리는 사람이
결국 문 안으로 들어갈 수 있다고 합니다.
인내심을 갖고 꾸준히 노력하는 것이
필요하다는 얘기겠죠.
꾸준한 끈기가 필요합니다.

마음의 찌꺼기

집안에 쓰레기가 많으면 냄새도 나고 지저분하지요.
아무리 좋은 물건이 들어와도
그 쓰레기들 때문에 빛이 나지 않습니다.
마음도 마찬가지예요.
마음속에 버려야 할 마음의 찌꺼기가 남아 있으면
좋은 마음이 있어도 빛이 나지 않습니다.
미움이나 불쾌감 같은 마음의 찌꺼기가
사랑이나 유쾌감 같은 좋은 마음을 희석시키는 건데요.
좋은 마음이 없어지는 것은 많은 사람들에게 피해를 주지요.
그래서 우리 마음속에 버려야 할 마음의 찌꺼기가 남아 있다면
얼른 털어 버려야 합니다.
그래야 그 자리에 좋은 마음이 들어올 수 있으니까요.

고난과 눈물로 성숙한다

페스탈로치가 이런 말을 했어요.
"고난과 눈물이 자신을 높은 예지로 이끌었다."고 말입니다.
사람을 지혜롭게 하는 것은 고난이라는 것을 말해 주고 있는데요.
사람은 어려움 속에서 성숙하는 것이 아닌가 싶습니다.

자신감을 갖자

성공에 익숙해지면 어떤 목표든지
이룰 수 있다는 자신감이 생긴다구요.
실패에 익숙해지면 자신감을 잃게 된다는 얘기도 될 텐데요.
자신감을 갖는 것이 무엇보다 필요합니다.

여섯 가지 감옥

사람한테는 여섯 가지 감옥이 있다고 합니다.
자기가 최고라고 생각하는 자기 도취
모든 것을 부정적으로 평가하는 비판
안 될 것이라고 생각하는 절망
예전에는 이랬었는데 하며 과거에 빠져 있는 것
남을 무조건 부러워하는 선망
그리고 질투심
이 여섯 가지가 사람을 옴짝달싹 못하게 가두고 있다는 건데요.
자기 자신은 어떤 감옥에 갇혀 있나 생각해 보구요,
그 무서운 감옥으로부터 빨리 탈출하세요.

고통에서 세계적인 서정시 탄생

불후의 명작은 작가가 가장 고통스러울 때
쓴 작품일 때가 많아요.
영국의 시인 월터 스콧은 소아마비로
지체장애를 갖고 있었죠.
변호사인 아버지의 뜻에 따라 법률 공부를 했지만요.
문학에 대한 열정이 무척 컸어요.
어느 날 말에서 내리다가 다리를 다쳤기 때문에
꼼짝 없이 누워 있어야 했는데요.
그때 쓴 시가 〈마지막 시인의 노래〉라는
세계적인 서정시입니다.
그 일로 스콧은 시인의 길로 들어설 수 있었다고 해요.
고통은 새로운 시작인 거 맞지요.

사랑은 고통에서 강해지기 위해 있다

헤르만 헤세가 이런 말을 했습니다.
"사랑은 우리를 행복하게 하기 위해서 있는 것이 아니고
우리가 고통과 인내에서 얼마나 강한가를
나타내기 위해서 있다."고 말입니다.
그래서 사랑이 있으면 어떤 어려움도 이겨 낼 수 있습니다.

아름다운 사랑을 노래하는 시인

나뭇잎은 단풍으로 물들지만요.
사람 마음은 사랑으로 물드는 것이 아닐까 해요.
사랑만을 위해 사랑해 달라고
최고의 사랑을 노래한 시인이 있지요.
바로 엘리자베스 배릿 브라우닝인데요.
그녀는 다리가 불편한 지체장애인이었어요.
엘리자베스가 이토록 아름다운 사랑을 노래할 수 있었던 것은
그녀의 장애와 무관하지 않죠.
혼자 있는 시간이 많았던 것이 감성이란 더듬이를
더 크게 더 길게 만들어 주었을 테니까요.

웃어야 행복하다

세상에서 제일 불행한 사람은 웃지 않는 사람이고
세상에서 제일 고통스런 사람은 웃어지지 않는 사람이라고 합니다.
웃는 것이 얼마나 행복하고
얼마나 큰 기쁨인가를 알 수 있습니다.

지식보다 상상력

세계적인 물리학자인 아인슈타인이 이런 말을 했습니다.
"상상력이 지식보다 더 중요하다."고 말예요.
지식은 한계가 있지만
상상력은 한계가 없기 때문에
계속해서 발달해 갈 수 있다고 했죠.
그래서 지금은 꿈 같은 얘기들이
미래에 현실이 되는 것인데요.
상상력이 갖고 있는 무한한 힘이 우리 사회를
놀랄 만큼 발전시켜 나가는 에너지가 된다는 것
상상만 해도 기분 좋은 일입니다.

진정으로 사랑한다는 것은

진정으로 사랑한다는 것은 무엇일까요.
그것은 가슴속에 그 사랑을 간직하면서
사랑하는 마음을 버리지 않는 것이라고 해요.
우리는 너무 쉽게 사랑하고
또 너무 쉽게 사랑을 버리고 있지 않나 싶습니다.
진정한 사랑은 사랑하는 마음을 오래도록 간직하는 것이란 말
꼭 기억했으면 합니다.

쉽고, 어려운 일 대처법

채근담에 이런 말이 나옵니다.
"쉬워 보이는 일도 해 보면 어렵고
못할 것 같은 일도 시작하면 이루어진다."고 말입니다.
그래서 쉽다고 얕볼 것도 아니고
어렵다고 물러설 것도 아니라고 했죠.
이 말은 쉬운 일도 신중히 해야 하고
어려운 일이라고 겁낼 필요도 없다는 얘깁니다.
쉬우면 쉬운 대로
어려우면 어려운 대로
최선을 다하는 자세가 필요하겠죠.

스스로 해결한다

살다 보면 많은 어려움에 부딪히게 되죠.
그럴 때 누군가가 도와주기를 바라는데요.
결국 그 문제를 해결하는 사람은 자기 자신이예요.
그러니까 힘들다고 도움만 기다리고 있을 것이 아니라
스스로 해결하려는 의지와 노력이 필요하겠지요.

윈윈

남들이 보기에는 지독히 불행해 보여도
당사자들은 전혀 불행을 느끼지 않을 때가 많아요.
행복과 불행은 절대적인 것이 아니기 때문이죠.
사람들은 자기 잣대로 남의 행복과 불행을 재곤하는데요.
그런 저울질보다는 함께 행복해질 수 있도록
서로 힘이 되어 주는 것이 필요하지 않을까 합니다.

인생엔 정년이 없다

요즘 직장인들은 40대에 퇴직을 고민하게 된다고 하는데요.
자기가 정말 하고 싶은 일에는 정년이 없는 듯해요.
농부의 아내로 열심히 농사일만 하던 한 부인이 있었는데요.
70세쯤 관절에 무리가 와서 농사일을 더 이상 할 수 없게 되었어요.
그래서 부인은 그때부터 앉아서 할 수 있는 일을 찾다가
그림을 그리게 됐죠.
80세에 첫 개인전을 열 수 있었는데요.
부인은 세상을 떠나기까지 1,600여 점의 작품을 남겼다고 합니다.
부인이 그린 그림은 주로 농촌 풍경이었는데
도시 가정에서 큰 인기가 있었다고 해요.
그랜드 모제스라는 부인의 이름이 널리 알려지진 않았지만
그래도 황혼을 화가로 보람 있게 보낼 수 있었던 것은
대단한 성공이 아닌가 싶습니다.

나누지 않는 것은 사랑이 없기 때문이다

나누어 준다는 말을 많이 하는데요.
자기가 갖고 있지 않은 것을 줄 수는 없지요.
그래서 사랑을 나누려면 자신이 사랑을 갖고 있어야 합니다.
타인에게 사랑을 나누지 않는 것은
사랑하는 마음이 없기 때문이라고 해도 지나치지 않을 텐데요.
사랑하는 마음이 없는 사람은
나눌 것이 없는 가난한 사람입니다.

나는 누구인가

내가 누군가에게 의미 있는 사람이 된다면
그것은 아름다운 일이구요.
내가 누군가에게 힘이 되어 준다면
그것은 희망이 된다고 해요.
그리고 내가 누군가를 성장시킬 수 있다면
그것은 행복이 됩니다.

알아가는 과정

세상의 모든 것들은
시간 속에서 익숙해진다고 해요.
처음에 서먹하고 낯설었던 마음이 어느덧 편안해지고
서로가 서로에게 익숙해지면서 좋아하는 마음이 생기고
그래서 행복을 느끼게 된다고 하네요.
그러니까 행복해지려면
마음을 열고 서로를 알아가는 과정이 필요할 것 같습니다.

꿈을 먹고 산다

우리는 꿈을 먹으며 살고 있지요.
꿈이 없으면 굶는 것처럼 정신이 말라 갑니다.
작은 꿈이 있는 사람들은 작은 일부터 시작하게 되는데요.
그 작은 일 속에 천재적인 능력과
사람들을 놀라게 할 기적이 숨어 있다고 합니다.
작은 꿈으로 기적을 만드는
한 해가 됐으면 합니다.